父亲的前轮画出轨迹，
孩子的后轮描着足迹，
在刹车片与飞轮的摩擦方程里，
求解着成长加速度的永恒命题。

骑·迹

父子骑行日记

李攀

李恪凡

著

上海社会科学院出版社

SHANGHAI ACADEMY OF SOCIAL SCIENCES PRESS

前　言

记得2018年年初的江南行，年纪尚小的你怀揣着满腔热情，像一只展翅欲飞的雏鹰，总想着带领我，成为咱们骑行队伍的破风手。骑行让我看见了一个不一样的你，眼神中满是对前路的期待与好奇，浑身散发着源源不断的力量与勇气。一路上，我们穿越繁华的都市，路过宁静的乡村，感受着不同的风土人情，体验着久违的内心安宁。烈日的炙烤和道路的崎岖从未让你有丝毫的退缩。初次骑行，你便遭遇了"小意外"，身体失去平衡从自行车上摔下。那一刻我试想过许多可能性，你可能会焦躁哭泣，或许埋怨放弃，而你却在短暂的停滞后利落起身，扶起自行车若无其事地继续前行。我有种难以言述的感动与欣慰，心底那丝对你的担忧与不信任化作惭愧和心安。这场骑行已然胜过千言万语的说教，真是不虚此行。骑行，是你成长道路上的催化剂，而我愿意成为你的引路人，陪伴你应对无数困难和挑战，学会坚强，保持乐观，满怀希望。每一次爬坡，都是对体力和毅力的考验；每一次摔倒，都是对勇气和决心的磨砺。

之后，我们力行北上路，挑战返乡艰程，三日骑行不断突破日行里程。路途虽远，行则将至。一路的风风雨雨从未浇灭你骑行的热情，反而成为酣畅淋漓的"心灵洗礼"。难忘你与我争执后别扭的道歉，难忘你解决困境后骄傲的笑颜，难忘你尝试换胎时认真的侧脸……我从保驾护航到默默放手，我从忧子心切的父亲变成倾听你、理解你的同行者和挚友。我畅想着有一天，你能真正地独当一面，带着我去领略属于你的"新世界"。

六年之久，如白驹过隙，作为父亲，我很幸运地参与并见证了你的成长。曾经那个稚嫩的少年，如今已经成长为一个有担当、有责任感的青年。你的眼神中多了一份坚定和自信，你的言行中透露出一种成熟和稳重。看到你在日记中一笔一划地写下丘吉尔的名言，"没有最终的成功，也没有致命的失败，最重要的是继续前进的勇气"，我感慨万千，这或许是真正的教育所蕴藏的力量，言传身教之，润物细无声。授之方法，允其探索，珍其所想，终将收获无限惊喜。

骑行为我们架起了沟通的桥梁，让我意识到你的坚韧和独立、你的需求和渴望，以及那懵懂与纯真之下蕴藏的无限潜能；骑行为你打开了通往外界的大门，让你领略到这个世界的多元性，使你学会了尊重和包容差异性。我相信，当你骑上那辆陪伴你多年的"老伙计"，穿梭于烟火气息的街道，感受微风的吹拂，聆听内心的声音，所有的烦恼都将烟消云散。

将骑行经历集结出版作为你的成年礼，不仅是对你过去六年多骑行时光的纪念，更是对成长之旅的见证。它记录了你的汗水、欢笑、坚持和突破，也记录了我们之间关系的蜕变，从我行我素到彼此尊重、理解，从不善倾听到真诚沟通、协作。这段经历是你人生中一笔珍贵的财富，而家人永远是你坚强的后盾。希望这本书能成为你未来人生道路上的动力源泉，每当你遇到困难，翻开它，便能想起曾经在骑行途中克服的种种挑战，想起时刻信任和陪伴着你的我们，鼓起勇气继续前行。未来的路很长，会有更多的未知等待着你去探索。愿你不忘初心，砥砺前行，带着骑行中培养的毅力和勇气，以梦为马，不负韶华，创造属于自己的精彩人生。

目录

目
录

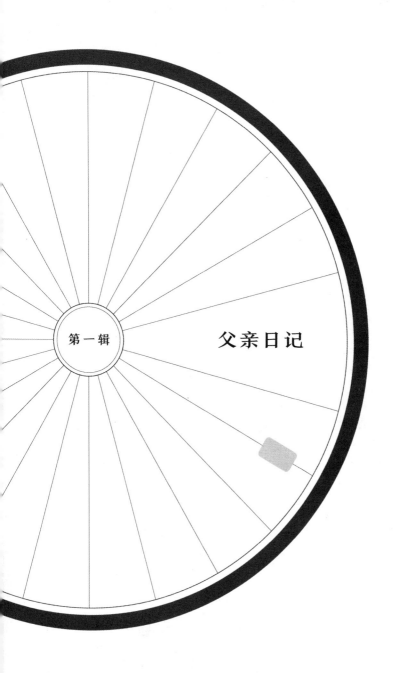

第一辑　　　父亲日记

天 性 使 然

在被民众亲昵地称为"自行车王国"的地域，学会骑自行车几乎是每个孩子成长路上不可或缺的必会技能之一。自行车在那个充满童真童趣的世界里扮演着至关重要的角色。即便在物质生活极为丰富的现代社会，自行车依旧是众多男孩梦寐以求的玩具。可以想象，在那些阳光灿烂的午后，许多男孩都有过骑着自行车去购买心爱的奥特曼卡牌的经历。

然而，学习骑自行车对某些孩子而言是充满乐趣的，对另一些孩子则可能是一项具有挑战性的任务。恪恪无疑属于前者。为了帮助恪恪消耗他那旺盛的精力，我们选择了一种既经济又实用的方式——骑自行车。两岁生日时，他收到了一辆崭新的童车作为礼物，这标志着他骑行生涯的正式开启。在我们谨慎地移除了童车上的辅助轮后，仅经过短短数日的练习，恪恪便掌握了骑行的技巧。

通过灵活操控自行车来保持平衡，恪恪体会到了自主探索带来的乐趣，并增强了自我控制的意识。这种乐趣是难以用语言来充分表达的。从此，他多了一种探索外部世界的新方式，一种充满自由和冒险的方式。

从有辅助轮到无辅助轮，从人行道到城市街道，再到乡间小路，从最初的蹒跚尝试到后来的自如骑行，这一切都是在不断的练习中逐渐形成的。这就是自主带来的快乐，源于自身的努力和坚持所获得的成就感。

学习骑自行车既是一种与生俱来的本能，也是一种充满乐趣的自主活动。它不仅仅是一项简单的技能，更是一种身心锻炼。在这个过程中，孩子们学会了如何面对挑战、如何克服困难、如何在跌倒后重新站起来。这些宝贵的经验将伴随他们一生，成为成长道路上不可或缺的一部分。

阅读与行路两不误

阅读——心灵的对话与智慧的火花

阅读是心灵的对话，是智慧的火花。它丰富我们的知识，提升我们的认知，使我们得以领略生活的韵味和人性的深度。通过阅读，我们能够更好地理解世界与自我，借鉴他人的经验，拓宽我们的视野，提升自我修养。选择阅读的类型，实际上是在选择人生的路径，这应基于个人的兴趣和需求来决定。阅读是深入探索知识海洋的途径，它要求我们具备目标性、批判性思维以及定期复习的能力。一本好书就像知识的宝库，它们教会我们思考和成长，拓宽我们的视野，丰富我们的心灵，使我们在知识的海洋中畅游，在人生的道路上更加坚定。让我们珍惜阅读的机会，不断探索和成长，使生活更加精彩。

孩子天生具有探索世界的渴望，但在小学阶段，我们发现恰恰难以专注于阅读。他偶尔会翻阅书籍，但通常只对有趣的图片感兴趣，而非文字内容。这让我们和老师都感到忧虑。通过亲子共读和互动，以及恰恰母亲的耐心引导，恰恰开始愿意阅读，从动物小说到科幻小说，再到历史书籍。现在，我们经常购买各种非教辅书籍放在他的书架上，他一有空闲就会翻看，逐渐养成了良好的阅读习惯。

骑行——生活的韵律与探索的旅程

骑行为人们带来纯粹的快乐，并为生活添上一抹和谐的韵律。骑行不断挑战我们的极限，无论是崎岖的山路还是平坦的公路，都是我们成长的阶梯。骑行的乐趣，在于享受那不断前行的过程；而挑战，则在于不断突破自我极限的勇敢尝试。它让我们感受到生命的活力和自由的激情，体现了一种生活态度和精神追求。选择合适的骑行路线和目的地至关重要，需要提前规划和准备，以确保旅途顺利愉快。骑行是一种独特的旅行方式，让我们亲身体验大自然的魅力，拓宽视野。它不仅能锻炼身体，提供宁静与放松，还促使我们结交朋友，分享喜悦。骑行不仅是一种运动，更是一种生活态度和人生体验。

在小学一年级的春天，我和恪恪各自骑着自己的自行车，向着儿科医院前进。恪恪，一头乌黑的头发，一双明亮的眼睛，一身红色的防风服，骑着一辆小小的自行车，用力蹬着脚踏板，车轮一圈圈向前滚动……来回十多公里的距离，对于小小的恪恪来说是一次勇敢探险的开始。

恪恪的母亲培养了恪恪阅读的良好习惯，而作为父亲的我，则有带他出去看世界的愿景。在恪恪小学四年级时，我便开始规划带他进行长途骑行。有一段时间，我对骑行几乎到了痴迷的程度，不断查阅关于小孩子多大可以骑自行车上路的相关规定。根据《中华人民共和国道路交通安全法实施条例》第七十二条第一款的规定：驾驶自行车……必须年满12周岁。按照这条规定，我必须等到恪恪小学毕业的那个暑假才能带着他开始长途骑行，于是，我在心底默默许下一个承诺：要与恪恪一起骑行万里路。这与恪恪母亲陪恪恪阅读万卷书的想法相辅相成。

从决定到实施，历时两年。在此期间，我不停地向恪恪和恪恪母亲提起长途骑行的美好前景。恪恪母亲最初总是不以为然，甚至以"闲的"来回应。然而，经过我长时间的坚持和耐心劝说，恪恪母亲的态度从反对转为不反对，接着，我开始对恪恪做思想工作，通过坚持不懈的努力和适当的激励，恪恪最终表示愿意尝试。一段时间后，恪恪开始对骑行充满向往。

随着时间的推移，随着恪恪方位感的增强、体力的提升和认知的增长，我与他的骑行变得越来越频繁，足迹分布也越来越广。从熟悉的城市街道到未知的乡间小径，从喧嚣的城市到宁静的乡村。

每年暑期的骑行，我们都有新的发现、新的感悟、新的洗礼。这不仅仅是一段关于骑行的旅程，更是一段关于成长的诗篇。恪恪的小自行车，就像他的翅膀，带他飞越那些看似遥不可及的距离，战胜那些看似不可逾越的困难。

小小的自行车不仅是一件童年玩具，一种交通工具，也是一种磨炼意志的方式，更是一种探索自我和了解世界的工具。在那些轮胎与地面摩擦的声音中，我们听到了时间的脚步声，聆听着犹如竹节生长的清脆声！恪恪的小自行车，见证了他从稚嫩到坚韧的蜕变，见证了他从胆怯到勇敢的跃迁。

正如2018年暑期有朋友在我的朋友圈留言所说，这点距离还不够。实际上，2018年暑期的骑行只是一个开始。在骑行的江湖中，走万里路，阅无数人……最终目的只是成为一个更好的社会人。

2018 年篇：初行江南里

在九天的时间里，我们父子俩完成了约500公里的骑行，探访了沪浙两地众多的文化地标。

第一天，我们参观了陈云故居及吴镇书画院，骑行了70公里。

第二天，我们参观了茅盾故居和乌镇的东、西栅，骑行了50公里。

第三天，我们在庆祝生日的同时，参观了缘缘堂，骑行了70公里。

第四天，我们走访了多位名人的故居和纪念馆，骑行了40公里。

第五天，我们参观了周恩来祖居等纪念馆，骑行了35公里。

第六天，由于台风的影响，我们取消了原定计划，选择留在酒店。

第七天，在回程途中，我们体验了江东大桥，骑行了75公里。

第八天，我们参观了王国维故居和徐志摩旧居，骑行了80公里。

第九天，我们以参观李叔同纪念馆作为旅程的终点，骑行了80公里。

回到家中后，我们惊讶地发现，各自的体重均增加了1公斤。骑行途中，为保障安全，我刻意减少了拍照频率，同行的恪恪本就不喜欢拍照，我不得不采取各种方法来让他配合。时值三伏天，天气炎热，恪恪容易出汗，这让他更加不愿意拍照。骑行之旅结束后，我在朋友圈分享了我们的骑行经历，描述了旅程中的美好、艰辛以及滑稽的细节，包括晒黑和体重增加的情况。这些点滴，共同编织成了我们这次骑行之旅的难忘记忆。

第1天：亲力亲为斗志昂　初试锋芒展坚毅

地　　区	最高温	最低温	天　　气	风力风向	空气质量指数
上海市闵行区	34℃	27℃	多云	东南风3—4级	21（优）
嘉兴市嘉善县	32℃	26℃	多云转晴	东南风4—5级	33（优）

千里之行，始于足下，骑行计划终于付诸行动了。我们由上海市闵行区出发，经过了松江区、青浦区、金山区，至浙江省嘉兴市嘉善县。

原本预定早上七点踏上期待已久的长途骑行之旅，然而，作为一对公认的"懒虫"父子，我们不约而同地忽略了设置闹钟。唤醒我们的不是预设的铃声，而是那明媚的阳光。

睁开惺忪的睡眼，时间已悄然滑至八点有余，空气中弥漫着一丝慵懒与懊悔。此时，厨房里传来饭菜的香气，恪恪妈妈早已将早餐准备妥当，她站在一旁，目光中既有无奈又不失温柔，轻轻吐出一句："瞧，我还以为你们只是随口一提呢，就没忍心打扰你们。"

在恪恪妈妈再三催促之下，我俩匆匆吃完了早饭，打点好车马行囊；正当我们戴上头盔出发之时，恪恪妈妈和妹妹拿起相机，为我们俩记录下这充满期待的出发瞬间。

上午10点左右，我俩正在松江区荣乐中路上骑行。恪恪的目光被路旁的"德克士"吸引，他的眼神中充满了期待。

我：（微笑）"恪恪，是不是累了？我们去德克士休息一下吧。"

恪恪：（兴奋）"爸爸，我想去德克士坐坐，可以吗？"

我：（点头）"当然可以，骑行不仅是挑战，也是放松。"

恪恪：（指着菜单）"我想吃薯条，可以吗？"

我：（笑着）"当然可以，骑行后的美味更让人满足。"

恪恪：（眼睛发光）"爸爸，这个魔兽得意杯很酷，我想要一个。"

我：（好奇）"魔兽得意杯？是什么新奇的东西？"

恪恪：（得意）"这是新出的杯子，我同学都有，说是骑行专用。"

我：（认真）"骑行专用？有什么特别之处？"

恪恪：（解释）"它不容易洒水，拿着它骑行很酷。"

我：（想了一下）"如果你真的喜欢，我们可以买一个。但记住，骑行中更重要的是勇气和坚持。"

恪恪：（认真）"我知道，爸爸，我会努力的。"

在"德克士"窗边，恪恪小心翼翼地捧着他的魔兽得意杯，小口品尝着饮料。恪恪对魔兽得意杯的渴望几乎溢于言表。他的眼睛紧紧盯着那个杯子，仿佛那不仅仅是一个杯子，更是他心中一个小小的梦想。我能感觉到他对拥有它的强烈愿望，那是一种孩子特有的、对新奇事物的纯粹渴望。他的小手不自觉地摩挲着杯子的表面，仿佛已经拥有了它。

我意识到，作为父亲，我需要不断地学习和适应，以便更好地理解恰恰的世界。我也在思考,如何平衡他的兴趣和我们共同的目标,如何在鼓励他追求个性的同时,也教会他坚持和努力的重要性。

我俩一路沿着名人故居(纪念馆)骑行,既有游的感觉,还有学的感觉。今日首站就是位于青浦区练塘镇的陈云故居。这离我俩出发地有小半百公里。对于能否顺利完成原定骑行计划,我和恰恰都心存疑虑。在此之前,我们骑行的最远距离也未超过20公里,而这次的行程远不止于此。一方面,我担心年纪尚轻的恰恰能否扛得住长距离的骑行;另一方面,我也顾虑自己因久疏锻炼,体力和耐力是否能坚持下来。

我真没想到,一路上恰恰竟然没喊一句累,就到了练塘镇。我偶尔故意"刺激"他道:"要是太累了,咱们随时都可以回家的。"可是他回怼我一句:"难道回去不累吗?"

后来,恰恰跟我说:"第一天就打道回府的话,我就成了你们今后的话柄。既然你能坚持下来,那么我也能坚持下来。"

不过,一路上,恰恰总会有各种幺蛾子冒出来。

如恰恰突然来一句:"老爸,到了练塘,找个钟点房间,我们休息一下再走吧!"

我直接挑明了说:"我还不知道你的幺蛾子,想玩游戏吧!"

恰恰笑了笑,悠悠地补上一刀:"你知道我的幺蛾子,我也知道你的套路!"

我俩相视一笑,继续赶路。

我们骑行的第一站就是陈云故居。故居和纪念馆是连在一起的。纪念馆有四个展厅，按照时间顺序展示陈云光辉一生的图片、文献、实物等。约下午两点，我俩参观好陈云故居后，就近找了一家面馆边吃边休息。当然，在出发之前恪恪还吃了"两把鸡"（游戏），直到心满意足后，才向着骑行的下一站嘉善前进。

其实这一路上，我发现恪恪倒是没有打退堂鼓，而且一路乐呵呵的，始终慢悠悠。有时我内心犹如夏日一般焦灼，会不由自主地催促恪恪骑快点，"这么炎热的天气，你为啥不能快点呀。"可是他依旧不紧不慢的，或许这就是恪恪的节奏。不过这与我的期望有很大的差距。其实这也是我骑行首日最大的收获。

在繁忙的320国道嘉善段上，一个名叫恪恪的骑行者不幸遭遇了一次小意外。那天，他像往常一样骑着自行车，享受着沿途的风景和清新的空气。然而，就在他全神贯注地踩着踏板时，突然，一不小心，身体失去平衡，重重地摔倒在地。

按照以往的习惯，恪恪在遇到挫折时，总是会先寻找一些外界因素来解释自己的失误。比如，他会责怪后面的电瓶车不停地按喇叭催促，让他感到焦躁不安；或者抱怨这条国道的路面状况并不理想，坑坑洼洼的，给他的骑行带来了不小的困难；甚至有时候，他还会认为是自己的车轮不小心卡住了什么杂物，导致他失去了控制。

但这一次，情况似乎有些不同。恪恪在经历了一瞬间的震惊之后，很快就调整了状态，他挺利落地从地上站了起来，没有再去找寻任何借口。他检查了一下自己的自行车，发现除了一点小小的擦伤外，并无大碍。然后，他用力将自行车扶了起来，重新骑上了车。

这时，我走到他的身边，关切地询问他的情况。恰恰只是轻轻地拍了拍身上的尘土，微笑着对我说："有点疼，但没什么大碍，我们可以继续前行！"他的话语中透露出一种坚定和乐观，似乎已经从刚才的跌倒中吸取了教训，准备继续他的旅程。

此时已经下午5点40分，我想着，恰恰刚才摔了一跤，另外我确实感到有些累了，于是我俩在嘉善外环东路找了家酒店入住休息。

其实我担忧恰恰的摔倒是否影响外出就餐，是否能继续骑行。不过外出晚餐时，恰恰手脚并无异样，只是一点皮肉之伤。

当晚，我发了一条朋友圈：世界杯结束了！三伏头天，骑行开始。以骑行治"疑难杂症"，有点奇效。参观陈云故居，小游练塘，夜游嘉善，探访吴镇纪念馆、书画院。恰恰也不喊累，也不挑食！就这样，结束了我俩长途骑行的首秀。

今日所获：对于恰恰而言，此次跌倒的经历并非单纯的摔倒与重新站立，而是一次精神层面的成熟。他领悟到在面对挑战时，不应归咎于外部因素，而是应勇于承认个人的过失，并且坚定不移地继续前行。这种正面的心态，无疑将使他在未来的征途中，更加镇定自若，勇往直前。

第 2 天：骑行半百不思进　东栅、西栅得配齐

地　　区	最高温	最低温	天　　气	风力风向	空气质量指数
嘉兴市嘉善县	32℃	26℃	多云	东南风3—4级	31（优）
嘉兴市桐乡市	33℃	27℃	多云	东南风3—4级	46（优）

　　我们俩由嘉兴市嘉善县出发，经过了嘉兴市的南湖区、秀洲区，至桐乡市。今日骑行路程 50 公里。今早起床，7 点 10 分出发。沿着 320 国道骑行了约 40 分钟的路程，我们在路边找了一家早餐店，寻了张木桌坐下，开启了热腾腾的早餐时光。经过一段时间的运动，恪恪的胃口完全打开了，平时这个没胃口、那个不好吃的感觉顿时全无，让我真正见识了恪恪干饭的能力。

　　在清晨的阳光下，路边的早餐店显得格外温馨。店铺门口放着一根根金黄的油条，散发出诱人的香气。店内的桌椅摆放整齐，桌上铺着洁白的桌布，给人一种干净整洁的感觉。服务员热情地招呼着顾客，笑容满面。我俩各自点了一碗热腾腾的豆浆和一份香喷喷的煎饺。豆浆口感细腻，煎饺外皮酥脆，内馅鲜美。我慢慢品尝着美食，感受着早晨的美好时光。这家早餐店虽然不大，但给人一种家的感觉。在这里用餐，不仅能满足味蕾的需求，更能感受到温暖和关爱。

　　对于这种形式的早餐，我有着熟悉而遥远的记忆：上小

学、初中时，我们每天都是先上早读课，再回家吃早饭。有时刮风下雨天，路途远一些的同学们就在学校附近早餐店里，要么站着，要么席地而坐，简单吃上几口当早饭，貌似在告诉自己的胃，吃过饭了，别再叫了。

骑行路上，一派江南水乡的田园风光，让久居都市的人有了心旷神怡的感觉。骑行的辛苦与欣悦交织在一起……我们就是这样前行着。

中午12点，我们在乌镇子夜路上找了一家旅馆。休息了一个小时后，开始觅食和游玩行动。午餐后，我们来到乌镇，主要目的就是去参观茅盾故居。

当我们走进东栅景区，恰恰的眼睛一下子亮了起来。我们来到了观前街17号的茅盾故居。这个房子看起来普普通通的，但却是大作家茅盾爷爷长大的地方。对恰恰来说，这里就像是一个神奇的宝藏，等着我们去发现。

这个故居就像一个小小的迷宫，有前院和后院，中间还有一个小天井。恰恰好像变成了一个小侦探，他在每个房间里仔细地看，对每样东西都充满了好奇。他看着那些古老的家具和茅盾爷爷写过的书，好像能通过这些陈旧的东西，听到茅盾爷爷在讲故事。

恰恰好像真的被迷住了，他的脸上露出了一种特别专注的表情。他轻轻地翻着书页，好像那些书页是会飞走的蝴蝶。他小声地读着茅盾爷爷写的话，好像在读一种超级神秘的语言。

我觉得，这个故居对恰恰来说，不仅仅是一个老房子，更是一个让他想象力飞起来的地方。他没有像看其他景点那样跑来跑去，而是很认真地在感受这里的一切。

这次参观，对恰恰来说，是一次特别的冒险。他不仅仅是在看一个老房子，更是在学习怎么成为一个讲故事的人。他的眼神里充满了对知识的渴望，就像一个小探险家，想要去发现更多的宝藏。

下午5点左右，我和恰恰满怀期待地开始了西栅之旅。对于恰恰而言，这不仅仅是一次简单的游玩，更是一次探索新奇世界、感受不同文化氛围的宝贵机会。

从踏入西栅的那一刻起，我就被这里独特的氛围深深吸引。而恰恰更是兴奋不已，他的眼中闪烁着对未知世界的好奇与渴望。西栅，这个融合了传统与现代的小镇，给了我和恰恰许多意想不到的惊喜。

走在青石板路上，两旁是古朴的建筑，但时不时出现的现代装饰和店铺，让恰恰感到既熟悉又新奇。他指着一家装饰着卡通图案的奶茶店告诉我："爸爸，这里也有我喜欢的东西呢！"我笑着点头，告诉他这正是西栅的魅力所在——它不仅仅保留了古老的传统，还巧妙地融入了现代元素，让每个人都能在这里找到属于自己的乐趣。

我们漫步在河边，看着波光粼粼的水面，感受着微风拂面的舒适。恰恰兴奋地拉着我的手，想要尝试乘坐小船游览。当我们坐上小船，随着船夫轻轻摇橹，整个古镇的美景尽收眼底。恰恰瞪大了眼睛，好奇地四处张望，还不时地指着两岸的建筑和景色，兴奋地问我各种问题。

夜幕降临后，西栅别有一番风味。五彩斑斓的灯光将古镇装点得如同仙境一般，让恪恪惊叹不已。我们品尝了当地的特色小吃，观看了传统的民间艺术表演，还亲手体验了制作手工艺品的过程。这些丰富的体验让恪恪兴奋得手舞足蹈，他告诉我："爸爸，西栅真好玩！我以后还要来！"

尽管天气炎热，但恪恪对西栅的游玩兴趣并未减少。古朴的青石板街道、波光粼粼的河面，以及夜色中五彩斑斓的灯光。这里还有著名的木心美术馆，可以欣赏到木心先生的文学诗集和绘画作品；还有月老庙，门口挂满了求姻缘的许愿牌，非常壮观；乌镇邮局可以体验旧时的通邮方式；草木本色染坊展示了传统的手工染布工艺；叙昌酱园则可以感受到原料发酵变成酱料的过程。

游到最后，恪恪来了一句："要不我们再住一晚！"

这次与恪恪共游乌镇的经历，让我深刻感受到了乌镇的独特魅力。它不仅拥有美丽的风景和丰富的文化底蕴，更是一个充满活力和创意的地方。我相信，对于像恪恪这样充满好奇心的孩子来说，乌镇将是一个永远值得探索的宝藏之地。

今日所获：在骑行的过程中，我与恪恪不仅获得了知识与文化上的体验，还进一步加深了我们之间的关系，锻炼了身体与意志力，体验了生活中的微小幸福。我对自己和恪恪都有了新的认识与反思。

第3天：歧路坦途缘缘堂　行路旅途缓缓进

地　区	最高温	最低温	天　气	风力风向	空气质量指数
嘉兴市桐乡市	34℃	26℃	多云	东南风3—4级	42（优）
杭州市江干区（现为杭州市上城区）	36℃	27℃	晴转多云	东南风1—2级	35（优）

由嘉兴市桐乡市出发，经过了杭州市临平区、拱墅区，至上城区。今日骑行路程70公里。

我俩6点半起床，7点10分出发。

上午8点，导航将我们带到砂石路上，所幸的是没有导到沟里去。眼前的景象，我俩不由自主地想起了，"……误入藕花深处。争渡，争渡，惊起一滩鸥鹭。"此时无鸥鹭可惊，只恐惊路人。"行路难，行路难，多歧路，今安在？"峰回路转却坦途。

骑行了1个多小时，大约16公里，我俩就到达了要参观的名人故居的第三站——丰子恺纪念馆。

最早邂逅丰子恺先生的记忆，追溯至我的高中时代。那时，班上有位同学对丰子恺先生颇为熟悉，常与我分享其生平轶事，让我知晓了这位艺术大师的名字。随后，通过翻阅书籍，我虽对丰子恺先生有了初步印象，但多限于文字间的描绘，未能对其有更深的了解。而今日的亲临参观，无疑为我打开了一扇窗，让我对丰子恺先生的认识与理解实现了从浅尝辄止到深刻领悟的跨越。

位于桐乡市石门镇的缘缘堂，紧邻京杭大运河在石门镇段那蜿蜒曲折的大湾之畔，这也是丰子恺纪念馆主体部分。整个纪念馆不大，但我俩参观花了将近两个小时。前来参观的人寥寥无几，这让我们的参观更加从容。恰恰一直对漫画保有浓厚的兴趣，他全神贯注地在纪念馆内的漫画展区细细品味与观赏。最后，恰恰还购买了两本丰子恺先生漫画书，我买了一本《缘缘堂随笔》，以作留念。

我计划从丰子恺纪念馆出发骑行至龚自珍故居附近，骑行导航距离为56公里。而恰恰有着自己的想法，他觉得可以不要太累，第二天赶到龚自珍故居就行了。不过在我允诺让他玩游戏的诱惑下，恰恰欣然答应了我的计划。

今天也是恰恰的生日，恰恰有生以来第一次在骑行路上过生日。这样我与他一起骑行便显得更加有意义了。

时针悄然指向了中午12点45分，中午的天气略微炎热。我们正好骑行抵达了崇福镇。小镇的宁静与古朴，仿佛时间在这里放慢了脚步，让人心旷神怡。

我微笑着转头看向身旁的恰恰，提议道："今天是你生日，就由你来挑选我们中午的餐厅吧。"

恰恰的眼中闪过一丝兴奋，他环顾四周，最终目光定格在了一家名为"大力加牛排"的餐馆上。这家餐馆外观简洁而不失格调，透过玻璃窗，可以看到里面忙碌而有序的服务员们正在精心准备食材，空气中弥漫着诱人的肉香。然而，当恪恪踏入餐馆，翻开菜单的那一刻，他却又一次做出了那个让我既无奈又觉得可爱的决定——点了一份鸡排。

"恪恪，这可是牛排店啊，你确定要点鸡排吗？"我故作惊讶地问道，心中却早已被他的这份纯真所打动。恪恪笑了笑，那份笑容里充满了调皮与满足："是啊，我就是喜欢鸡排嘛，在牛排店吃鸡排也别有一番风味嘛。"

我摇了摇头，心中却充满了温暖。在这个特别的日子里，我决定纵容他的小任性，毕竟，生日就是应该做自己喜欢的事情，不是吗？于是，我们点了一份香气扑鼻的鸡排，共同享受这难得休憩的午餐时光。

餐后，我试图用一个大胆的想法来诱惑恪恪："恪恪，既然今天你过生日，那我们不如直接骑行去杭州吧？来一场说到做到的骑车旅行！"我本以为他会犹豫，甚至拒绝，但没想到他却欣然接受了。他爽快地答应道："好呀，我们骑行到杭州，听起来确实很酷！"

那一刻，我看到了恪恪眼中的光芒，那是一种对未知世界的好奇与向往，也是一种对自我挑战的勇气与决心。我知道，这不仅仅是一次简单的骑行之旅，更是他成长道路上的一次重要经历。于是休息至下午2点后，我们收拾行装，踏上了前往杭州的征途。

我们一路南下至杭州，最后在浙江大学华家池校区附近找了一家宾馆住宿。晚上我俩都不愿意出去吃，于是就点了外卖在宾馆里吃。

沿途的风景美不胜收，而恪恪也展现出了前所未有的坚韧与毅力。他咬紧牙关，奋力蹬车，尽管汗水浸湿了衣衫，但脸上的笑容却从未消失过。

　　最终，当我们站在杭州的街头，望着这座繁华而美丽的城市时，我知道，我们不仅仅完成了一次骑行之旅，更收获了一段难忘的记忆与宝贵的经历，而这一切的起点，都源于那个在牛排店点鸡排的恪恪，以及他那颗纯真而坚定的心。

　　在骑行路上过生日，无疑是一种别样的体验。生日与其他普通日子一样，骑行路上也如旅行途中、居家时光一般。别样的体验更多是心理的内在感受而已，人们往往在此刻为这一日的骑行赋予特殊意义，它寓意着自由自在、坚韧不拔以及对生命的热爱。每一次脚下的蹬踏，都是对生命的热烈庆祝，是对岁月的深深敬意。其实生日也不应只是蛋糕和烛光的庆贺，也可以是清风的拂面、阳光的暴晒，还可以是挥汗如雨的挑战。骑行中的生日，更具有意义，因为它融聚了汗水、欢笑、坚持、期盼。生日中的骑行，仅仅是我们骑行旅途的一部分；骑行中的生日，也只是我们骑行日程中的一天而已。在骑行的路上，恪恪不仅仅庆祝着年龄的增长，更是庆祝着内心的丰盈。

　　今日所获：对于恪恪而言，骑行中的生日不仅意味着年岁的累积，更是其内心成熟过程的反映。在这一天，他既庆祝了个人的成长，又在骑行的旅程中获得了体验与学习的机会，这些将成为他人生中难以磨灭的记忆和珍贵的财富。

第 4 天：名馆多聚西湖畔　参观留念继南下

地　　区	最高温	最低温	天　气	风力风向	空气质量指数
杭州市江干区（现杭州上城区）	36℃	26℃	多云	东风 3—4 级	64（良）
绍兴市柯桥区	35℃	26℃	多云转阴	无持续风向微风	98（良）

从杭州江干区（现已改为上城区）启程，途经西湖区、滨江区、萧山区，直至绍兴市柯桥区，今日骑行总里程为 30 公里。

清晨，我们享受了一段悠闲的时光。上午 8 点，我们在宾馆从容地享用早餐。接近 9 点，我们在宾馆前留影纪念。

今日在杭州城内，我们依次参观了郁达夫杭州故居、钱学森故居、陆游纪念馆、白苏二公祠、章太炎纪念馆、张苍水先生祠、苏东坡纪念馆等。其中，后三座纪念馆坐落于西湖风景区内。

郁达夫杭州故居——"风雨茅庐"，位于杭州市上城区小营街道大学路场官弄 63 号。这幢精致的小楼由郁达夫亲自选址并设计，融合了中西建筑风格，展现出清丽典雅之美。提及郁达夫，我不禁想起他的《故都的秋》，这篇文章唤起了人们对美的追求和对祖国的热爱。

离开"风雨茅庐"，我们前往位于马坡巷 16 号的龚自珍纪念馆。遗憾的是，纪念馆因修缮而闭馆，我们只能在外部拍照留念。内心深处，我们期待下次有机会能再次来访，深入了解龚自珍，并体会"我劝天公重抖擞，不拘一格降人才"的豪迈情怀。

带着些许遗憾，我们继续前往下一站——位于马市街方谷园2号的钱学森故居。故居不仅是建筑，更承载着故事和精神。它们或许并不华丽，有时甚至简陋破败，但能引领人们回到那个特殊的时代，通过故居中的物品，感受主人生活的点点滴滴，领略其珍贵的精神世界。若非铭牌标识，对于外地人而言，寻找起来颇具难度。通过电视、电影、报刊、书籍等媒介，我们能够随时了解钱学森先生的事迹，但骑行至此，我们更希望从钱学森故居中能够亲身体会到那份宝贵的精神。

我们又按照计划，抵达位于孩儿巷98号的陆游纪念馆。巷名与人名的结合，让我更加深刻地体会到"家祭无忘告乃翁"所蕴含地对后代的深切寄托和悲壮信念。

随后，我们骑车抵达了著名的西湖。历史上，无数知名人士曾游历此地，其数量难以尽数。我们沿着苏堤前行，沉醉于西湖的秀美与宁静之中，仿佛能听到历史与自然之间的对话。湖面上轻风拂过，似乎每一缕风都蕴含着千年的文化底蕴。西湖在历代诗词歌赋中的出现频次难以精确统计。白居易曾赋诗曰："最爱湖东行不足，绿杨阴里白沙堤"，这便称的是白堤。苏堤则是为了纪念苏东坡治理西湖的卓越贡献。

在这如诗如画的西湖畔，我们走进了白苏二公祠，瞻仰了两位先贤的塑像，心中涌起对先贤的敬仰之情。章太炎纪念馆、张苍水先生祠更是让我们感受到了那份不屈不挠、矢志不渝的民主精神。一路走来，我们不仅领略了历史的风采，也体会到了文化的厚重。骑行在杨公堤上，我们感受着那份沉淀在岁月长河中的智慧与勇气。身处这诗意的空间，我们不由自主地放慢了速度，感受微风，聆听着过往的人与事，仿佛能触摸到历史的脉络，感悟到生命的意义。在这悠长的历史文化之旅中，我们仿佛与古人同行，感悟着那些传承至今的智慧与精神。驻足于杨公堤，我心中默念着"水光潋滟晴方好，山色空蒙雨亦奇"，此情此景，即便是匆匆过客，也难免被这西湖美景深深吸引，流连忘返。

下午2点左右，我们沿着虎跑路，登上了钱塘江大桥。在钱塘江大桥的非机动车道上骑行，感受别具一格，因路窄且我有些恐高，故骑行过程中内心稍有忐忑。从这里过江即是杭州市萧山区。

大约3点，我们骑行了约15公里，路边出现了一个恒隆广场，我们便在一家"肯德基"稍作休息，并利用这段时间规划了接下来的路线。

后来，在骑行了1小时后，恰逢下班高峰，车流明显增多，非机动车道上的电瓶车呼啸而过。因台风即将登陆，天色也提前暗了下来。考虑到骑行安全，我们决定就近寻找一家酒店入住。镇上的酒店条件较为简陋，但对我们来说，能够休息便已足够。

今日，我们感受到腿部已开始麻木，臀部也感到疼痛。因此，只有我一人外出，在附近的超市采购了一些食物，我们便在房间里用餐。可能由于我们平时不太食用水果的缘故，加之近日连续长距离骑行致身体消耗大，恪恪嘴角长了火疖子。

此外，恪恪骑车时有些自行其是。他为了转移注意力，缓解疲劳，一路上喜欢哼唱小曲。而且，每当我靠边停车时，恪恪总喜欢停在外侧。我多次批评，但效果甚微。恪恪对此并不以为意，这与他学习的态度如出一辙。他总是喜欢按照自己的节奏行事。所谓节奏，便是恪恪的本色。无论在家还是在学校，对于他不重视的事物，他都不会轻易改变。即便是改变，也往往是临时抱佛脚。

今日，我询问恪恪这一路上有何收获，他沉思良久，最终还是向我求助，或是探寻我的意思，最后表示没有什么特别的收获。这让我颇感意外。

今日所获：收获的并非物质的丰盈，而是心灵的洗涤与感悟。在这段旅程中，我们不仅领略了自然之美，更在平凡的日子里，找寻到了生活的真谛。尽管疲惫与不适相伴，但内心的满足与平静，却是任何事物都无法替代的。这份经历，将如钱塘江水，源远流长。

第5天：单车骑行数百里　少年跟阅课本游

地　区	最高温	最低温	天　气	风力风向	空气质量指数
绍兴市柯桥区	32℃	26℃	阵雨转暴雨	东北风4—5级	100（良）
绍兴市越城区	32℃	26℃	阵雨转暴雨	东北风4—5级	76（良）

由绍兴市柯桥区出发，至越城区。今日骑行路程35公里。

早上7点20分，我俩又开始南下的骑行征途。我们沿着杭衢高速绍兴连接线，穿过凤凰山隧道，上了杨绍线，进入了城市道路。其实这30多公里的道路相当平坦，我们看到了不少骑行爱好者骑着公路车飞快而过，体验着极速之快感。

上午9点45分，我们就到了绍兴城区。我们进入鲁迅西路，就有一种天然的熟悉感，就此找了一家宾馆办理入住手续。

在宾馆稍微休息后，10点30分，我俩开始了游玩。今天先后参观周恩来祖居、贺秘监祠、鲁迅故里、蔡元培故居、书圣故里等。周恩来祖居拥有传统三进九房院落，内有周总理立像和勉励学习的标语。鲁迅故里位于越城区，占地50公顷，包括鲁迅故居等多处与鲁迅相关的古迹。贺秘监祠紧邻周恩来祖居，展现了江南庭院建筑之美。蔡元培故居位于市区，体现了绍兴明清建筑特色。书圣故里则汇集了众多名胜古迹，展现了绍兴丰富的历史文化，是古城的缩影。

恪恪边参观边向我提问，对这些历史人物充满了好奇。我时而解答，时而与他一起去探寻他所要的答案，我希望他能从这些故事中汲取智慧，正如我俩从这次骑行中领悟生活一样。这趟文化之旅，如同骑行一般，教会我们坚持与探索，也让我们享受沿途的风景。

下午4点30分左右，受台风"安比"外围影响，天空逐渐灰暗下来，偶尔下一点太阳雨。1小时以后，雨量变大，还伴有雷声。大雨侵袭了正往宾馆骑行的我们，最终恪恪和我如落汤鸡般地结束了今天的参观安排。

恪恪，一位怀揣探索欲望的少年，初次体验了在雨中骑行的冒险。他的内心既充满激动又略带忐忑。他体验到一种前所未有的兴奋，仿佛这场雨带他打开了一扇通往未知领域的大门。尽管雨水使他的眼镜模糊不清，但他的好奇心却异常鲜明。他渴望探索雨中的世界，体验雨水轻抚面庞的凉意，聆听雨滴与水面交响的乐章。每当车轮碾过水坑，激起的水花都带给他新奇与兴奋的感觉。

尽管雨水增加了骑行的难度，恪恪并未选择放弃。他自勉，这不仅是一次骑行，更是一次勇气的磨砺。他坚定地踩动踏板，每前进一步都是对自我坚韧不拔精神的挑战。雨水与汗水交织，但他的内心却洋溢着成就感。

对于恪恪而言，这次雨中的骑行是一次全新的体验。他不仅领略了雨水带来的新奇与刺激，还领悟了在逆境中坚持与成长的重要性。这段经历将成为他人生旅途上一笔宝贵的财富。

夜晚，宾馆的房间内弥漫着一种静谧而微妙的气氛。我与恪恪，各自沉浸在自己的思绪之中。我凝视着窗外的风雨，心中充满了对行程的忧虑。台风"安比"的行进路径与强度，是我最为关切的问题，因为它们直接关系到我们是否能够依照计划继续骑行。我渴望这场台风能够早点结束，使我们能够继续前往宁波的南行之旅。

然而，恪恪的想法与我截然不同。他那年轻的心灵并未受到台风带来的不便所困扰，反而将此视为一个难得的休闲时机。被困于宾馆之中，对他而言，意味着有更多时间从事自己喜爱的活动，如玩游戏、阅读，或是简单地躺在床上，享受无须赶路骑行的宁静。

恪恪的内心状态，让我回想起自己年少时的情景。那时的我，也如同他一般，对世界充满好奇，却对成人的忧虑一无所知。我也曾有过只关注个人内心世界的休闲或懒散心态，未曾意识到生活中存在的诸多责任与重担。在农忙时节，一场突如其来的大雨对于稻谷的收割无疑是一场灾难。稻谷在成熟收获的季节，最怕的就是遇到大雨。雨水不仅会导致稻谷发芽，还可能因为积水导致稻谷腐烂，从而影响收成。因此，大人们必须在下雨之前全力抢收稻谷，力求一年的辛勤劳动不会白费，而那时的我感受不到爸妈的那份紧迫，满心只盼着大雨降临，带来丝丝凉意。如今，我深知，作为父亲，我有责任确保旅程安全顺畅。然而，在这一刻，我却对恪恪的无忧无虑感到一丝

31

羡慕，他尚未学会成人世界的焦虑与责任。或许，我应当庆幸他仍能享受这份纯真的快乐，这是成长过程中难能可贵的礼物。但同时我也清楚，随着时间的推移，他终将学会面对生活中的挑战，学着承担起自己的责任。

在这个台风肆虐的夜晚，我决定放下内心的焦虑，与恰恰一同度过这个意外的"假期"。我们一起交流阅读，甚至一起玩手机游戏。我深知，这样的时刻是宝贵的，明日，台风或许会消散，或许会持续。但无论如何，我们都将共同应对。因为在变幻莫测的世界中，我们父子是最坚定的伙伴。

今日所获：在雨中骑行的经历促使恰恰进行了深刻的反思。他领悟到，生活中的每一次挑战实际上都是成长的契机。他学会了在面对困难时保持勇敢，也学会了在逆境中寻找乐趣。这次雨中的骑行经历，将成为他记忆中难以磨灭的一部分，时刻提醒他无论遭遇何种困难，都应勇敢地去面对。恰恰的冒险在大雨中告一段落，然而他心中的激情从未消退。他在以后骑行的路上，不再畏惧风雨，反而更加坚定地迎接每一次挑战，用勇敢和坚持铸就他自己的青春篇章。

第 6 天：安比^①不知何时了　骑行暂停无奈待宾馆

地　区	最高温	最低温	天　气	风力风向	空气质量指数
绍兴市越城区	30℃	27℃	中到大雨转阵雨	西北风5—6级	59（良）

今日我们几乎没有骑行。

昨夜风雨绵绵，我们得以安稳地享受了一个懒散的睡眠。今日天气预报显示，绍兴地区将有小雨至中雨的天气。早餐过后，我认为我们完全有条件去参观秋瑾故居。首先，雨势并不大；其次，目的地距离我们仅有 1 公里之遥；再者，步行前往亦是可行的。然而，尽管只是小雨转中雨，我们还是被雨水浸透了全身。

秋瑾故居坐落于和畅堂 35 号，是秋瑾女士曾经研习文学与武艺之地。尽管我们被雨水淋得略显狼狈，但依然保持着良好的精神状态，参观了秋瑾故居，并深刻感受到了她那"心比男儿烈"的英雄气概以及"不爱红装爱武装"的革命精神。

我俩跑回宾馆时全身湿透，尽管狼狈，却感到一种风雨同舟的默契。换下湿衣服后，我们相视而笑，笑容中包含无奈、感激和珍惜。这场突如其来的阵雨，打乱了参观计划。我俩躲在宾馆里，坐在窗边欣赏雨景，各自玩着。

---

①　2018 年第 10 号台风。

到了中午，我未能克制自己，再次对恰恰表示了不满。客观而言，这主要是由于受安比天气的影响，不时带来降雨，而恰恰偏想留在宾馆内，沉迷于游戏与电视节目，不愿踏出房门一步。恰恰常言："饿了就点外卖吧！"拒绝外出体验自然之美。

下午4点30分，雨势逐渐减弱，台风安比已消散，天空依旧阴霾。我们决定放弃骑行自行车，选择先沿着鲁迅西路向东步行，随后转向大乘弄向北行进。阴沉的天气及狭窄的石板街巷，与宽阔的鲁迅路、解放路形成了鲜明的对比。在这条仿佛穿越时光的小巷中，我们感受到了历史的沉淀，那些被岁月磨砺的石板路，似乎也在诉说着秋瑾女士当年的豪情壮志。

不知不觉间，我们来到了青藤书屋。青藤书屋位于大乘弄10号，虽然规模不大，却是一个相对隐蔽的地方，这里曾是徐渭的住所。坦白说，在访问之前，我们对徐渭的了解并不深入。他的一生充满了坎坷，经历了长达七年的牢狱之灾、八次科举考试的失败，以及九次未遂的自杀尝试，尽管如此，他去世后被誉为青藤画派的创始人。有人将他称作"中国的梵高"，但实际上徐渭的活动时间比梵高早了三百年。在青藤书屋，我们购买了几本徐渭的著作。

在继续旅程时，我们还顺道访问了绍兴市的新华书店，恰恰精心挑选了他钟爱的动物小说家沈石溪的两部作品。他原本打算购买更多的书籍，但考虑到骑行的承载能力，我劝阻了他。最终，我们拎着一袋书，乘坐公交车返回了宾馆。

在等待公交车的空当，恰恰从袋子中拿出一本书，静静地坐在长椅上，沉浸在他的文学世界中。雨后的街道带着湿润的气息，阳光从云层的缝隙中洒落，给整个世界镀上了一层温柔的金色。周围的喧嚣仿佛被暂时隔绝，一切都显得格外宁静。

书页在恪恪的指尖轻轻翻动，那轻微的沙沙声在空气中回响，成为这一刻最美妙的旋律。他的目光在字里行间跳跃，时而紧锁眉头，时而舒展开来，仿佛在与书中的人物进行着一场无声的对话。他的心灵随着故事的起伏而起伏，感受着每一个情节的转折，每一个角色的情感。

这是一种心流的体验，恪恪完全沉浸在阅读中，外界的一切仿佛都与他无关。这种阅读带来的心流，让他的心灵得到了一种特殊的滋养，就像一场精神上的旅行，让他在知识的海洋中自由徜徉。

我静静地坐在恪恪的身旁，没有打扰他，只是用目光守护着这份宁静。我知道，这些文字的力量，正在悄悄地塑造着他的思想，丰富着他的内心世界。我们未曾言语，但在这沉默中，我们都在心中感叹，书籍给予我们的，不仅仅是知识的积累，更是心灵的成长和灵魂的升华。

在那个等公交车的空当，恪恪与书为伴，与知识同行，而我，作为他的父亲，感到无比的骄傲和幸福。这一刻，我们的心灵得到了充实，旅程也因此变得更加有意义：骑行阅读两不误。

今日所获：事实上，每个人都有自己的兴趣爱好。然而，当孩子们沉迷于游戏之中时，家长们往往会认为这是一种不务正业的行为，并担忧其会对学业发展产生负面影响。关键在于如何合理地引导孩子，避免他们过度沉迷于游戏之中。虽然采取断网、断电、没收游戏设备等措施看似直接有效，但往往只能治标，无法治本。孩子们总会想方设法来满足自己对游戏的渴望。相比之下，成年人在完成正事之后，往往将刷朋友圈、追剧、看球赛等视为休闲放松的方式。然而，这些行为真的不会对工作和生活产生影响吗？有时候，成年人会片面地夸大游戏的危害，并高估自己的自控能力。

在与恪恪一同骑行的日子里，我允许他适当地玩游戏。我则专注于制订攻略、撰写日记、洗衣等事务，并在适当的时候提醒恪恪游戏时间已到，需要停止游戏，转而投入所谓的正事之中。恪恪通常都能愉快地接受这一安排。榜样的力量是巨大的，它能深刻地影响孩子。有时，孩子会以轻蔑的态度对待父母的话语，这很大程度上是因为父母未能以身作则。

第 7 天：出门在外难得失　感恩友善常左右

地　区	最高温	最低温	天　气	风力风向	空气质量指数
绍兴市越城区	35℃	27℃	多云	无持续风向微风	59（良）
嘉兴市海宁市	34℃	27℃	阵雨	南风4—5级	50（优）

　　自绍兴市越城区启程，途经柯桥区、杭州市萧山区、钱塘区，最终抵达嘉兴市海宁市。当日骑行总里程为 75 公里。

　　受安比台风影响，我们不得不在酒店内度过大部分时间。鉴于后续仍有多个台风即将来临，原计划的南下余姚参观王阳明故居行程被迫取消，我们决定返程。我们选择了另一条备选路线：经绍兴市柯桥区至杭州市萧山区、钱塘区，再至嘉兴市海宁市。此路线为昨晚精心挑选，但存在一大不确定性，即江东大桥是否允许自行车通行，经网络查询，未获明确答复。在做好备选路线的准备后，我怀揣着疑虑入睡。

　　次日清晨，我们急于在降雨前离开越城，踏上了归途。8 点 15 分，手机铃声突然响起，我颇感不悦地接听了电话。随后，无奈地向恰恰告知钱包遗落在酒店。此时，我们已骑行近 20 公里。为避免折返耗费更多体力，我决定独自打车前往酒店取钱包，恰恰则在原地等待。此举在当时被视为最佳解决方案。

我迅速召唤网约车，往返取回钱包。上午9点左右，我已返回恪恪等待的地点。司机服务高效，全程仅耗时40余分钟。恪恪在游戏间隙中惊讶地说："那么快就回来了！"

骑行途中，我反复思考钱包遗落的原因。我清楚地记得将钱包置于枕头下，并提醒自己不要忘记。可能是前一晚因担忧天气和江东大桥骑行问题而晚睡，导致记忆力下降。

正午时分，我们骑行至杭州市萧山区空港新天地休息。恪恪选择享用"金拱门"的薯条和鸡块，而我在相邻的"星巴克"品尝咖啡和面包。

在我们即将结束休整，准备再度启程之际，偶遇了一位来自河南省的曾经的资深骑行爱好者。他曾有过一次极为令人钦佩的骑行壮举，自浙江省杭州市萧山区出发，历经长途跋涉，骑行至其家乡河南省商丘市，全程长达700多公里。然而，最令人遗憾的是，他后因一场交通事故导致下肢受伤，无法再继续骑行，只能依赖电动三轮车作为代步工具。尽管如此，在我们即将出发之时，他仍对少年恪恪的出色表现给予了高度赞扬。这位陌生人的真诚赏识，无疑为恪恪注入了强大的动力与激励。

下午3点左右，我们到达江东大桥，发现自行车可以通行，我心中的重担终于放下。我们无须绕行备选路线。有了钱塘江大桥的骑行经验，我们在江东大桥上显得更加从容和愉快。

过桥后，恪恪提议由他跟随导航领航前行。他自信地认为导航在手，骑行无忧。他定时向我播报距离，尽管如此，我仍忍不住频繁询问。在整个骑行过程中，恪恪始终保持良好的态度和情绪，没有表现出不耐烦。他骑行在滨江大堤上，脸上洋溢着喜悦和成就感。我深切地感到，恪恪不仅洋溢着作为引领者的喜悦，更享受着那份凭借自身努力所获得的深深满足感。

我们骑行在这条风景如画的沪杭公路上，这是一段令人难忘的美妙经历。蜿蜒曲折的公路宛如一条绿色的丝带，两旁绿树成荫，仿佛为我们搭建了一个天然的凉棚。沿途的风景如诗如画，两边是郁郁葱葱的农田，绿油油的稻田在微风中轻轻摇曳，散发出一股清新的气息。远处隐约可见的乡道和村落，更是增添了几分宁静与祥和的氛围。

头顶上的烈日虽然炽热，但在绿荫的遮挡下显得格外温柔，仿佛在为我们加油鼓劲。迎面吹来的微风分外凉爽，拂过脸颊，带走了一丝丝的炎热，让人丝毫未感觉到这是三伏天的骑行。在这条美丽的沪杭公路上，我们仿佛置身于一个宁静的世外桃源，远离了城市的喧嚣与繁忙，享受着大自然的馈赠。这就是美丽的沪杭公路，一条充满诗意与美景的骑行天堂。

在下午5点的时候，天色渐渐暗淡下来。我们骑着自行车来到了王国维故居，却发现工作人员已经下班了。无奈之下，我们只好带着一丝失落和遗憾，开始寻找住处，准备明天再来这里探索和揭秘。

晚上，我们找到了一家具有当地特色的菜馆，决定好好地犒劳一下自己。今天最大的成就在于我们突破了骑行的距离，并且获得了好心人的帮助与鼓励，这让我们感到非常满足和愉快。饭后，我们花了将近50元，为明天的骑行活动准备了充足的"战略"物资。

我心想，既然来到了盐官这个地方，明天早上一定要早起去观赏潮水。我便在网上购买了盐官观潮的门票。然而，经过了解，这几日的潮水并不强烈，也不是最佳的观潮时机，于是我又决定将门票退掉。

今日所获：那位骑行爱好者的鼓舞，令恪恪的眼神中闪耀出更为坚毅的光芒，犹如其内心深处被点燃了一簇火焰，熊熊燃烧着对未知旅程的深切渴望与无畏勇气。他紧握自行车把手，双脚稳稳地踩踏在踏板上，周身弥漫出一种即将战胜所有艰难险阻的坚毅决心。对于这位陌生人的鼓励，恪恪感受到其中真挚的情感，这进一步坚定了他的内心信念。他坚信，在这条骑行之路上，自己能够迎难而上，克服所有挑战。

第8天：大潮小潮各自美　大馆小馆自有蕴

地　区	最高温	最低温	天　气	风力风向	空气质量指数
嘉兴市海宁市	34℃	27℃	雷阵雨转多云	东南风3—4级	43（优）
嘉兴市平湖市	32℃	27℃	雷阵雨转多云	东南风3—4级	—

　　从嘉兴市的海宁市出发，我们一路经过了风景秀丽的海盐县，最终抵达了平湖市。今天我们的骑行路程共计80公里，虽然不算太长，但也是一次愉快的挑战。

　　农历八月十八，这一天是一年一度的传统观潮日，许多人都会选择在这个时候来到钱塘江边，希望能一睹潮水的壮观景象。据说，盐官镇这个地方是观赏潮水的最佳地点之一。尽管今天并不是最佳的观潮时机，我们还是早早地起床决定去观潮。我们购买了门票，进入了盐官观潮景区。站在景区内，宽阔的钱塘江横卧在我们的眼前，虽然今天没有潮起潮落的壮观场面，但江水的恬静和安逸也给我们带来了别样的感受。在这里，我们可以感受到大自然的宁静与美好，仿佛所有的烦恼都被抛在了脑后。

　　今晨的天气似乎并不理想，天空中弥漫着一层薄薄的雾气，使得江面显得有些朦胧。虽未感受到毛主席诗词"千里波涛滚滚来，雪花飞向钓鱼台。人山纷赞阵容阔，铁马从容杀敌回"中所描述的钱塘潮的波澜壮阔，但宽阔的江面依旧展现出其宏伟的景象。这个宁静的早晨，景区里只有寥寥两三个人影，他们在晨雾中漫步，享受着这份难得的宁静。江面上，偶尔可以看到一两只小船缓缓驶过。整个场景仿佛被时间遗忘，宁静而祥和。

上午8点15分，我们从景区出来，骑自行车，直接向位于盐官镇西门内周家兜的王国维故居奔去。

踏入故居的大门，首先进入眼帘的是宽敞明亮的前厅。在前厅的正中央，一尊王国维的半身铜像静静地矗立着，铜像刻画得栩栩如生，仿佛他就在我们眼前，用深邃的目光注视着每一位来访者。铜像背后，则是一幅幅详尽的介绍，详细地阐述了王国维的生平事迹、学术贡献以及他在中国近现代文学史上的重要地位。

走进故居的内部，我们仿佛穿越回了那个时代。室内陈列着关于王国维的各种情况介绍，以及体现其学术成就的著作和手稿等珍贵资料。这些手稿和著作，不仅记录了王国维在文学、哲学、美学等多个领域的卓越成就，更展现了他深厚的学术功底和独特的思想境界。王国维的境界和造诣，不仅在当时引起了广泛的关注和敬仰，更在后世留下了深远的影响。

参观完王国维故居后，我们深受震撼，内心满足对先生的崇敬。带着这份敬意，我们一路向北骑行，继续探索这个充满历史与文化底蕴的小镇。在骑行过程中，我们不时回望那座承载着王国维传奇人生的故居，心中充满了无限感慨。

上午10点50分，我俩来到位于硖石街道干河街38号的徐志摩故居。故居于1926年建成，是一座中西合璧的小洋楼。此处是徐志摩与陆小曼婚后短暂居住地，主要陈列了徐志摩家世、生平及思想等，展示了这位诗人短暂而绚丽多彩的一生。

当我们沿着东山北路这条蜿蜒的道路骑行时，两旁郁郁葱葱的树木为我们带来了一片清凉的绿荫。在这片绿荫的掩映下，我们不经意间发现了蒋百里纪念馆的身影。这座纪念馆静静地矗立在那里，仿佛在诉说着历史的沧桑。然而，当我们经过纪念馆时，遗憾地发现大门紧闭，纪念馆正处于休息状态，无法进入参观。

尽管如此，东山北路的美丽景色依然让我们感到心旷神怡。道路两旁的树木仿佛一道天然的绿色屏障，为我们遮挡了城市的喧嚣。空气中弥漫着清新的草木香气，让人心情愉悦。阳光透过树叶的缝隙洒在地上，形成斑驳的光影，仿佛一幅美丽的画卷。骑行在这条绿意盎然的道路上，我们感受到了一种难以言喻的惬意和宁静。尽管未能进入纪念馆，但东山北路的自然美景已经让我们流连忘返，在这片绿色的海洋中，我们找到了一片属于自己的宁静天地。

今日，我们既走过了宽阔平坦、顺畅无阻的康庄大道，也经历了一些崎岖不平、难以通行的乡村小径。

在下午5时整，我们顺利完成了入住手续，随后进行了短暂的休息和调整。我们在宾馆附近的餐馆享用了美味的晚餐，并在夜市中漫步，感受着热闹的氛围和各种各样的摊位，并通过这样的安排，圆满地结束了当天的行程。

今日所获：生活犹如今日骑行一样，有意为之，或得偿喜悦，或抱憾而归。但正是这些喜悦与遗憾，构成了生活的丰富多彩。钱塘江大潮汹涌澎湃，气势磅礴，展现出一种壮阔的美；小潮则细腻柔和，婉约动人，同样具有独特的魅力。大馆以其宏伟的建筑和庄重的氛围，彰显出一种庄严的韵味；小馆则以精致的设计和雅致的环境，散发出一种别致的风情。无论大潮与小潮，大馆与小馆，它们各自以不同的方式，展现出各自独特的魅力和韵味，皆令人陶醉。

第 9 天：首次骑行千里路　来年何处再突破

地　区	最高温	最低温	天　气	风力风向	空气质量指数
嘉兴市平湖市	34℃	28℃	多云	南风3—4级	—
上海市闵行区	36℃	27℃	雷阵雨	南风3—4级	58（良）

由嘉兴市平湖市出发，经过了上海市金山区、松江区，至闵行区。今日骑行路程80公里。

在享受了一个慵懒的早晨之后，我俩悠闲地吃完了早餐。随后，我们骑上自行车，一路向李叔同纪念馆进发。到达目的地时，已经是上午9点钟了。

李叔同纪念馆位于风景秀丽的虎跑梦泉山林公园内，这里不仅有李叔同的铜质立像，还有展示他生平事迹和作品的展览。当我们走进纪念馆时，耳边仿佛回荡着那首脍炙人口的《送别》："长亭外，古道边，芳草碧连天。"这首歌曲正是由李叔同，也就是弘一法师所创作的。在参观过程中，我们了解到，前面参观过的缘缘堂的主人丰子恺，正是李叔同的学生。其实，当我们参观这些故居时，总能发现这些人物之间或多或少的联系。

这些天，通过参观这些名人故居，我们对这些名人的了解变得更加全面和立体。这些历史人物不再是书本上的一张图片或一段文字，而是有血有肉的故事，充满了喜怒哀乐的情感。因此我们的骑行之旅不仅仅是一次身体上的锻炼，更是一次心灵上的洗礼，让我们的旅程充满了意义。

自李叔同纪念馆启程后，我们骑行于宽阔的沥青道路上。沿途所见，景致各异，或为郁郁葱葱的农田，或为井然有序的工厂，抑或为宁静祥和的村落。在炎炎夏日之中，我们穿越充满勃勃生机的田野地带，微风拂面，带来一丝凉爽，尽管汗水已浸湿了我们的衣衫。盛夏的阳光炽热地照耀在我们身上，虽略感炙烤，但内心并未产生过多抵触，反而生出些许享受之意，仿佛大自然正以它独有的方式对我们表示欢迎。在这一路上，尽管天气炎热，汗水淋漓，但我们心情愉悦，尽情享受这段骑行之旅，感受着夏日独有的韵味与挑战。

大约下午1点，我们骑行进入了上海市金山区，抵达了朱泾紫金广场。广场里有各种商铺和小吃摊，充满了热闹的氛围。我们找了一家恪恪爱吃的快餐店，品尝着美味的食物，分享着旅途中的趣事，稍作休息后，继续踏上了归途。

在接下来的行程中，我们几乎未做停歇，一口气骑行至家中。恪恪展现出了充沛的活力，犹如急于归巢的箭矢。夕阳西下，绚烂的晚霞映照在我们略显疲惫却心满意足的面容之上。我们穿行于城市的街巷之间，深切感受着城市的繁华景象与喧嚣氛围。

下午6点，我们终于到家了。我们终于不用夜宿宾馆，可以安安心心地躺在自己熟悉的床上，享受家的温暖。当我们推开家门的那一刻，所有的疲惫都烟消云散了，取而代之的是满满的幸福感和归属感。

　　今日所获：经过为期9日的长途骑行，我们成功完成了500多公里的行程。在这一路的行程中，我们历经风雨的洗礼，承受烈日的炙烤，穿越小桥流水，驰骋于康庄大道上，领略了名胜古迹的风采，更在不经意间，深刻体会到来自陌生人的温暖关怀。所有这些感悟与体验，均源于我们二人的亲身实践，最终我们顺利回到了最初的起点。尽管共同走过的这段旅程并非始终顺畅，甚至在某些时刻出现了分歧与不和谐，但我们始终相互支持，彼此理解。面对各种挑战与困难，我们携手共进，共同面对，共同成长。正是这些经历，使我们更加珍视彼此，也在彼此的陪伴下变得更加坚强与成熟。此次骑行活动，不仅意在实现一次对身体的极限挑战，更旨在为心灵探索之旅画上一个圆满的句号。

2018 年暑期骑行跨越区域一览表

省　份	地级市	区　　　县	
上海市	—	闵行区、松江区、青浦区、金山区	4
浙江省	嘉兴市	嘉善县、南湖区、秀洲区、桐乡市、海宁市、海盐县、平湖市	7
	杭州市	临平区、拱墅区、上城区、西湖区、滨江区、萧山区、钱塘区	7
	绍兴市	柯桥区、越城区	2
2	3	20	

2018 年暑期骑行路程表

日　　　期	当日骑行终点	路程（公里）
2018 年 7 月 17 日	嘉兴市　嘉善县　汉庭酒店外环东路店	70
2018 年 7 月 18 日	嘉兴市　桐乡市　如家酒店乌镇风景区店	50
2018 年 7 月 19 日	杭州市　上城区　圆正连锁酒店神农宾馆	70
2018 年 7 月 20 日	绍兴市　柯桥区　雅舍连锁酒店绍兴江桥店	40
2018 年 7 月 21 日	绍兴市　越城区　如家派柏云酒店绍兴鲁迅故里店	35
2018 年 7 月 22 日	绍兴市　越城区　如家派柏云酒店绍兴鲁迅故里店	10
2018 年 7 月 23 日	嘉兴市　海宁市　潮乡小宾馆	75
2018 年 7 月 24 日	嘉兴市　平湖市　汉庭酒店平湖新华中路店	80
2018 年 7 月 25 日	上海市　闵行区　返回家中	80

2018 年暑期骑行参观名人故居一览表

行政区划	地　址	地　点	备注
上海市青浦区	朱枫公路 3516 号	陈云纪念馆	
嘉兴市嘉善县	花园路 178 号	吴镇纪念馆	
嘉兴市桐乡市	观前街 17 号	茅盾故居	
	西市街大井弄 1 号	缘缘堂	（丰子恺故居）
杭州市上城区	场官弄 63 号	郁达夫故居（杭州）	
	马坡巷 16 号	龚自珍故居	（场馆修缮中）
	方谷园 2 号	钱学森故居	
杭州市拱墅区（原下城区已撤销）	孩儿巷 98 号	陆游纪念馆	
杭州市西湖区	北山路 80 号	岳飞纪念馆	
	孤山路 1 号	白苏二公祠	
	南山路 2-1 号	苏东坡纪念馆及章太炎纪念馆、张苍水先生祠	
绍兴市越城区	府山横街与解放北路交会处	秋瑾纪念广场	
	劳动路 369 号	周恩来祖居	
	劳动路 277 号	贺秘监祠	（贺知章纪念地）
	鲁迅中路 393 号	鲁迅故里	
	笔飞弄 13 号	蔡元培故居	
	蕺山街 123 号	书圣故里（墨池）	
	和畅堂 35 号	秋瑾故居	
	前观巷大乘弄 10 号	青藤书屋	（徐文长故宅）

行政区划	地　　址	地　　点	备注
嘉兴市海宁市	西门内周家兜	王国维故居	
	干河街38号	徐志摩旧居	
嘉兴市平湖市	叔同路29号	李叔同纪念馆	（弘一法师纪念馆）

2019 年篇：力行北上路

在 2019 年暑期，我与恪恪共同进行了一次由上海至北京的北上自行车骑行之旅。此次旅行充满了诸多考验，包括参观名人故居、应对多变的天气与复杂的地形，以及处理自行车故障等一系列挑战，我们最终再次实现了自我超越，圆满完成了这次意义非凡的旅程。

在 2019 年 7 月 15 日至 7 月 28 日期间，我们二人自上海市出发，沿途经过江苏省、山东省、河北省、天津市等地，并最终顺利抵达北京市大兴区，全程共计 1 291 公里。每日骑行距离根据天气状况和体力状况进行适时调整，骑行距离在 20 公里至 130 公里之间波动。

骑行过程中，父子俩遭遇了多种天气条件，包括晴天、多云、雷阵雨和阴天等，有时需要在雨中骑行。途经地区包括城市、乡村及山区等多种地形，提供了丰富的自然景观和人文景观体验。在高温条件下骑行，不仅是对我们体力与意志的考验，也使我们学会了在恶劣天气条件下进行自我保护的方法。

骑行途中，自行车多次出现故障，如爆胎、车胎被扎等。我们通过实践掌握了基本的自行车维修技能，并携带备用内胎和工具，确保能够及时应对突发情况，保障旅程的顺利进行。此次经历使恪恪对自行车的结构和维修有了更深入的了解，有效提高了其动手和解决问题的能力。

在参观名人故居和文化景点时，恪恪深入了解了中国历史上的重要人物，如张謇、施耐庵等。实地考察和讲解使他对历史知识有了更加直观和深刻的认识，对其学习和成长产生了积极影响。同时，我通过骑行的方式，让恪恪体验了生活的艰辛，并培养了其独立性和责任感。

骑行过程中，我们共同面对挑战和困难，增进了彼此的了解和感情。我希望通过此次旅行，培养恪恪独立思考和解决问题的能力，并增强其自信心和勇气。恪恪在旅途中展现出了坚强的意志和乐观的态度，对其个人成长和性格塑造具有重要意义。

此次骑行之旅不仅使我们父子成功完成了从上海市到北京市的长途骑行，更让我们收获了宝贵的人生经验和难忘的回忆。我们计划未来继续开展类似的骑行活动，将这种体验式学习和家庭教育的方式传承下去。此次旅行不仅是对"功在不舍"精神的践行，也是对"千淘万漉虽辛苦，吹尽狂沙始到金"道理的深刻领悟。

第1天：雄赳气昂渡长江　精疲力竭宿海门

地　　区	最高温	最低温	天　　气	风力风向	空气质量指数
上海市闵行区	34℃	27℃	多云	东南风3—4级	21（优）
南通市海门市（现已改为海门区）	32℃	26℃	多云转晴	东南风4—5级	33（优）

初伏之日的第四天，我与恰恰正式启动了2019年度暑期的骑行活动。天气状况有所改善，不再如前几日那般大雨倾盆，转而呈现出伏天应有的夏日炎热。我们的骑行旅程自上海市闵行区启程，依次穿越长宁、普陀区、宝山区、嘉定区，并进入了江苏省苏州市的太仓市，最终顺利抵达南通市的海门市（现已改为海门区）。当日骑行里程共计110公里。

启程之际，恰恰母亲与妹妹加加为恰恰送行。妹妹加加目睹我与恰恰远去的背影，竭尽全力呼喊："爸爸等我！哥哥等我！妈妈！快点！"事后我们方知，妹妹加加是以泪送行，这份情感也激励着恰恰更加坚定地前行，以免辜负妹妹的眼泪。

上午骑行期间，我们持续调整自行车座椅位置，以确保骑行的安全性与坐姿的合理性。今年骑行活动未进行充分预热，自行车未能调整至最适宜骑行的状态，这也为下午的艰苦骑行埋下了隐患。

大约在下午1点，我们在浏翔公路与宝钱公路交会处附近找到了一家土菜馆用餐。我们品尝了多道菜肴，食量都相当可观。为维持下午骑行时的盐分平衡，我们还特意选择了口味偏咸的菜品。大约下午2点，我们开始了下午的骑行。

　　出发前虽多次检查，但仍遗漏了三头充电线与耳机线，以及后来深感遗憾未携带的充电宝。因没有充电宝，午餐时我需寻找充电地点，并在休息期间避免使用手机，以确保下午骑行时导航设备电量充足。

　　骑行至苏州市太仓市与上海市嘉定区交界地带时，我们发现该区域实施了管制措施。有专人守卫在路口，禁止一切车辆与行人通行。直至所有特种车辆通行完毕后，我们才得以继续前行。此次停留时间较短，约为5分钟，可视为路途中的短暂休息。

　　出发前，我曾担忧轮渡会停运，因此急于赶路，生怕错过渡轮。然而，当我们抵达渡口时得知，轮渡为全天候运营。购票处与登船口存在一定距离，在我购票期间，恪恪与渡口管理人员进行了交流，并获得了对方的赞赏。

　　苏州市太仓市至南通市海门市（现已改为海门区）的直线距离约为6.7公里，但轮渡航行却耗时30分钟。我与恪恪推着自行车登上轮渡，并选择了一个便于观赏江景的位置坐下。江面波涛汹涌，加之3级左右的风力，风浪将江水卷入低舱。恪恪因此前往二楼船舱，在这段时间间隙趁机玩起了游戏。

在整个骑行过程中，直至中午时分，我都未曾感受到明显的疲惫，腿部也保持着良好的状态，没有丝毫异样。然而，到了下午，特别是渡过长江后，继续在海门市（现已改为海门区）的广州路上骑行时，我明显感到体力出现了下降，仿佛被严重透支了一般。如同足球运动员在加时赛中，腿部稍加用力便可能抽筋。前所未有的疲惫感朝我袭来，而恰恰仍在我身边不停地提问。体力已消耗至极限，情绪也接近爆发点，我略带怒气地对恰恰说："希望你能专注于骑行，也让我专注于骑行。"

从下轮渡到宾馆的距离虽不足20公里，但当时的我却感觉前路漫漫，仿佛遥不可及。我已无心欣赏周边风景，人烟稀少更让我深刻体会到骑行的艰辛。

当我们骑行至张謇大道上的海门中南城购物中心时，距离预定的投宿宾馆仅剩3公里。然而，我们仍在中南城内找到了一家快餐店稍作休息，补充能量。当时，我与恰恰的额头上均出现了由汗水凝结而成的盐分晶体，以及残留的防晒霜痕迹。

休息约半小时后，我们直接前往预定投宿的汉庭酒店。酒店前台工作人员不仅为我提供了手机充电服务，还协助我下载App并下单以享受更多优惠。此外，他们还允许我们将自行车存放在房间内，服务十分周到。

最后一段路程，我已疲惫不堪。回想起曾经心中的念头"少壮不吃苦，老大要吃土"，此刻的我觉得颇为可笑。对于许多人而言，他们或许只关注当下的身体感受与情绪体验，而不

57

会过多思考未来的艰辛。特别是在张謇大道骑行时，我深刻体会到这一点，意识到自己以往的想法过于一厢情愿，且常将个人主观臆断强加于他人。正如现在的孩子们热爱游戏，他们只追求当下的快乐，而不会用当下的不快或痛苦来换取未来的安逸。

今日所获：我常常沉思：在骑行过程中，我与恪恪当前所承受的困苦，是否足以抵消未来可能遭遇的艰辛？当前的困苦具体体现在骑行途中所面临的体力极限挑战、天气的剧烈变化、自行车频繁发生的故障，以及行程中难以预见的各类状况。这些艰难险阻，对我的身心构成了严峻的考验，既紧迫又具体，且无法逃避。未来的艰辛，则更多地集中在恪恪成长道路上可能遇到的各种挑战，包括学业上的压力、生活中的磨难，以及未来可能面临的种种未知困境。倘若当前的困苦无法完全抵扣未来的艰辛，那么我这一路上的坚持与奉献，又能否转化为他未来面对挑战时的勇气与力量？我深知，每一次艰难的骑行，都是对意志的锻炼与磨砺，这或许就是我们为未来所做的最佳准备。在艰难的环境中，亲身体验艰难，深刻感受挑战，进而认识自我，探索自我，并最终突破自我。这或许正是我们选择进行长途骑行的深远意义所在。

第2天：文化骑行仅百里　精神抖擞待明日

地　区	最高温	最低温	天　气	风力风向	空气质量指数
南通市海门市（现已改为海门区）	29℃	23℃	阴转雷阵雨	东南风3级	64（良）
南通市崇川区	30℃	23℃	阴转雷阵雨	东南风3级	16（优）

　　本次长途骑行的次日，我们的主要行程集中在海门区域。从市区出发，前往常乐镇的张謇文化旅游区，行程约13公里。随后，自常乐镇启程，穿越南通市通州区，最终抵达崇川区。当日骑行总里程约为55公里。

　　对于今日骑行里程数，恪恪谦逊地表示："相较于去年骑行日均公里数，今日尚显不足。"我察觉到，恪恪此举或源于对我昨日体力透支状况的关切，故而决定于下午3点寻找宾馆休息。他以此为契机，提出欲观赏南通市区的夜景。然而，我们下榻之处并无特别夜景可赏，故夜间并未外出。恪恪利用空闲时间完成了作业。直至我写日记之时，已近晚上8点30分，恪恪仍在书桌前专心致志地写着暑假作业。此次骑行或许促使他更加成熟，当晚他不仅完成了一篇作文，还完成了一套数学试卷。恪恪真正实现了骑行与学习并重。

　　自海门区域至常乐镇，我们一路逆风东北骑行，尤其在正

东方向骑行时，深感蹬车颇为费力。在 G228 国道东西向路段，
恪恪曾一度担任破风手，为我在前方骑行挡风，展现出其作为
12 岁少年的担当。尽管他仍显稚嫩，但已能独当一面。恪恪常
自视为孩童，不愿主动、独立行事。然而，在我的鼓励下，这
两日的骑行中，他独自解决了不少问题。例如，一次我们从宾
馆出发骑行约 500 米后，发现遗漏物品于宾馆，最终我原地等
待，恪恪独自步行返回取物。

今日上午，在张謇文化旅游区，恪恪参观学习时颇为认
真。他多次询问："为何此次骑行不如去年参观的纪念馆多？"
实则因今年骑行时间紧凑、路程较长。去年骑行 9 天 500 公里，
而今年计划 14 天骑行 1 400 公里，唯有"赶"字当头，抓紧时
间、加快步伐、赶路前行。这种抢跑模式不就是"不输在起跑
线上"吗？

张謇文化旅游区位于清末民初实业家、政治家、教育家张
謇（1853 年—1926 年）先生的故乡——海门市（现已改为海门
区）常乐镇。通过参观，我们得知张謇曾为清朝状元。毛泽东
曾言："讲轻工业，不能忘记张謇。"他提出"实业救国"口号，
创办大生纱厂等一系列企业。由此可见，张謇是中国棉纺织领
域的早期开拓者，亦是南通大学、上海海洋大学、河海大学等
学校的创始人。

在江苏省境内骑行时，我们未发现区县之间的界碑，上
海市嘉定区与苏州市太仓市之间亦无界碑或界牌。或许在后续
路程中存在界碑，但我们未曾留意。此次骑行，恪恪有特别

感受：去年在浙江省骑行时，告知当地人我们从上海市骑行而来，他们皆感惊讶并表示赞赏。

插曲回顾：午餐时，恪恪如常端坐于餐桌前，对于桌上的炒菜的兴致显然不高，仅迅速地将炒饭一扫而光，其注意力似乎并未全然聚焦于食物之上。餐后，恪恪急切地取出手机，沉浸于各类刺激性手机游戏中，显得乐此不疲。然而，这一系列举动皆被我默默观察并记录在心。我注意到，恪恪用餐速度之快，似有急于腾出时间以继续游戏的意味。在此之前，骑行途中他亦频频抱怨体力透支、休息时间不足，似乎正试图在虚拟的游戏世界中寻求慰藉。对此，我内心深感不满，遂决定采取措施予以纠正。

恪恪对游戏的过度沉迷，使我深刻意识到，有必要引导他领悟骑行的真正乐趣，而非仅将其视为一项必须完成的任务。于是，当日下午，我对恪恪进行了严肃的批评教育，向他阐述了用餐与学习的重要性，以及沉迷手机游戏可能带来的负面影响。为使他能够更加专注于学业与生活，我决定对其手机中的大部分游戏应用进行卸载，仅保留了一款名为《我的世界》的游戏，并将其进行隐藏处理，以避免他轻易找到并继续沉迷。

当晚，恪恪在完成家庭作业的过程中展现出前所未有的认真态度，这或许正是我的批评教育所取得的初步成效。我期望他能够从此事中汲取教训，学会合理规划时间，实现学习与娱乐的平衡，逐步成长为一个更具自律性与全面素质的个体。

今日所获：骑行之中，我俩并非总是父慈子孝，时不时也会有矛盾冲突。作为父亲，在孩子情绪低落的时候，我有时会以摆事实、讲道理对他进行告诫，有时也仅仅简单告诉恰恰不能这样做，而应该那样做，并没有深入地向他解释原因和后果。作为心理教育工作者，我需要不断提升自我觉察能力，从而能觉察到：摆事实最终能达到什么效果？讲道理究竟是谁的需求？这样的自我反思和觉察，不仅有助于我更好地与孩子沟通，也能够帮助我在教育过程中更好地理解孩子，更加有效地引导孩子，从而达到更好的教育效果。

第 3 天：暴雨滂沱阻骑游　如皋路憩拾骑友

地　　区	最高温	最低温	天　气	风力风向	空气质量指数
南通市崇川区	29℃	25℃	雷阵雨转阴	东南风4级	17（优）
盐城市东台市	27℃	24℃	中雨	东南风3级	32（优）

　　今日，我们从南通市崇川区出发，沿途经过如皋市、海安市，最终目的地为盐城市东台市南沈灶镇。因遭遇降雨天气，我们不得不在当地寻找一家宾馆进行住宿。然而，需说明的是，该宾馆的具体名称已无法回忆，且在地图上亦未能精确定位其所在。确切而言，它更像是一家民宿。

　　昨晚，我难以入眠，或许因心中有事，或因空调噪声过大，故索性起身撰写日记。

　　清晨，闹钟准时响起，我们于 5 点 45 分起床洗漱并整理行装，6 点 15 分已开始踏上北上的旅程。当日骑行目标为 120 公里，实际骑行距离为 115 公里。因盐城市东台市大雨倾盆，未顾及地面奔波的人们，我们不得不再次选择投宿。

　　骑行近 2 小时后，我们在 204 国道与集美路附近的早餐店购买了早点，并就地享用。因预见到即将降雨，我们用餐完毕后没有多做停留，立即继续骑行。大约 1 小时后，如皋市开始降雨，我们在路边找到一处避雨之地。当时，我发布了一条朋友圈，引发了众多人的好奇与关注。

但不久之后，大雨再次倾盆而下，我们再次于路边小店内饮水避雨。待雨势稍减，我们又重新踏上骑行之旅。

遗憾的是，天气并未好转，我们在如皋遭遇两次大雨，但总能及时找到避雨之处，实属幸运，未遭雨淋。途中，我尝试使用行者软件进行自拍，但遗憾的是，由于手机电量不足以支撑导航功能的持续运行，故未能继续。

当日骑行最大的收获是遇到了一位非常友善的骑友。我们在10点55分左右于如皋市县道Z01桃北村附近休息。我在周边拍照，恪恪则专注于自己的世界。这位骑友是华东理工大学高分子材料专业的学生，计划从学校骑行返回东北老家，对此，我们深感敬佩。

一路上，他十分照顾我们这对骑行父子。他在前引路，不时回头查看我们是否跟上。大约中午12点，我们找到一家中式快餐店用餐并午休。当接近海安市区时，恪恪表示头痛，感觉不适，但仍坚持前行。下午3点，我们到达海安市区，在通榆南路旁的一家酒店前稍作休息。恪恪开始好奇地探究那位骑友车上的小黄鸭。

一路上，我们中老年、青年、少年的组合吸引了不少人的注意，他们停车询问，更多人则以好奇的目光观察我们，心中或许在赞叹：这个组合真独特！不知不觉中，那位骑友成为破风手，我作为补给手殿后，恪恪则位于中间，遗憾的是，他尚未成为冲刺手！显然，少年还需努力骑行，争取早日成为冲刺手！

天空阴蒙蒙的，我们感觉到之前顺利避雨的运气已尽。果然，从西刘路西转至省道352时，天空由阴蒙蒙转为阴沉，大风也随之刮起，我们深切感受到大雨已无法避免。我们"如愿"地被雨淋湿，尽管穿着雨披，但仍难以逃脱成为落汤鸡的"洗礼"。大雨中，能见度有限，骑行速度缓慢，实际上，几乎无法加快。我们与其说是注视前方路况，不如说是摸着雨水中的路缓步前行。最终，我们在南沈灶中学附近找到了一家宾馆入住，至今不知其名。

晚餐亦经历了一番波折，我们通过宾馆老板联系了小饭馆，通过电话点餐，基本依靠猜测点了几个菜和三份炒饭。然而，晚餐时，为了不耽误骑友的远征计划，我们选择与他分开骑行。那位骑友决定无论明日是否降雨，都将继续骑行。我们则视天气情况而定，若适合骑行则继续，否则将在此休整一日。

今日所获：起初，我们并未预见在骑行旅途中会邂逅志趣相投的伙伴，然而一旦启程，便会觉察到沿途骑行者的众多。这正是长途跋涉所蕴含的价值。在行进过程中，我们得以与众多人士交流，聆听他们丰富多彩的故事。这些人物与事件，共同构筑了我们的经历，成为我们生命中不可或缺的重要组成部分。打破对陌生世界的隔阂，接纳真诚、真实的现实世界，这样的经历使视野更加宽广，胸怀更加博大，更使生命更加绚烂多彩。

第 4 天：白驹雨观水浒园　骑行初心活力源

地　　区	最高温	最低温	天　　气	风力风向	空气质量指数
盐城市东台市	30℃	26℃	小雨	东南风3级	31（优）
盐城市亭湖区	30℃	25℃	多云转小雨	东南风3级	7（优）

今日清晨，自盐城市东台市南沈灶镇启程，以骑行方式行进，途经盐城市大丰区，最终于亭湖区新兴镇择宿。在东台市境内，主要行驶于乡道，进入盐城市区后，则主要沿204国道及开放大道行驶。当日行程累计达105公里。

醒来之时，已过7点。拉开窗帘，向外张望，虽无晴朗之意，但亦未见降雨之兆。遂迅速洗漱，前往小镇街道购买早餐及饮用水。

尤为幸运的是，昨晚洗涤的衣物及被大雨淋湿的鞋子均已晾干。显然，昨晚入住的小宾馆空调效果颇佳。

我们于上午8点25分出发，而骑友已踏上归乡之旅。9点08分，我们抵达东台镇东丰村，于乡道旁稍作停留，饮水并调整状态。借此机会，拍摄了几张照片。然而，恰恰对拍照兴趣不大，故只能采取偷拍方式，或拍摄实景照片。那时，我们在路边房屋前休息，正当我们准备出发时，房主恰好驾车回家，而我们不经意间挡在其归家之路上。然而，房主非但没有丝毫急躁，反而耐心等待着我们。在繁忙的都市生活中，这种愿意为他人稍作停留，不急不躁的态度，营造出一种温馨、和谐的生活氛围。有时，我们忙于生活，反而忽略了这种慢而舒心的节奏。

10点左右，我们经过一座桥后右转，沿河堤路骑行。在此稍作休息，并让恪恪前往路边农家讨要开水泡茶。经一番劝说，恪恪前往农家小院，但未能成功讨得开水。其归来后解释了原因。此举旨在鼓励恪恪走出舒适区，至于结果如何并不重要。此后，每当提出让其找人讨要开水时，其均能顺利完成。习惯了城市生活的便捷，有时需要体验一下乡村的生活方式。尽管乡村更多地保留着熟人社会的特点，但一般不会对陌生人过于冷漠，反而常怀一份淳朴的热情与接纳。

大约骑行一个半小时后，天空飘起细雨，遂选择G15高速路桥下休息。恪恪表示不喜欢这种阴暗的桥下环境，感觉不太舒适。显然，他对环境的感受较为敏感。

在盐城市大丰区白新线上的虹宇大桥骑行时，因刚下过雨，路面泥泞不堪，行走困难。恪恪的自行车属于混合路面型，无挡泥板，故骑行时要更为小心。一方面，需特别注意安全；另一方面，若骑行过快，容易溅起泥水弄脏自己。

原计划骑行60公里后寻找用餐地点，但行至盐城市大丰区白驹镇（204国道大白线）约50公里处时，天降大雨。于是，我们就地避雨并就近用餐。按照上海的点餐习惯，我们点了三菜一汤，但发现分量过大，无法吃完。观察周围餐桌，当地人按人均一个菜来点餐。只有我们这些外乡人按照自己的感觉来点餐。不过，我们也有一个惊人的发现：原来我们的食量很大，最后结账时发现我们吃得干干净净。这或许是去年骑行下来体重未减反增的原因。鉴于此，今年我们不再关注体重，一路向北！

午饭后，我们临时决定参观水浒文化园，了解施耐庵的生平事迹。这是我们行程中的第二个参观活动。原本，施耐庵纪念馆就在我们的行程安排中，然而，在骑行过程中，由于一心赶路，忽略了参观活动。这也是恪恪质疑今年路线与去年不同的原因。

或许因为下雨，参观的人不多。尽管冒着小雨参观，但我们的兴趣依然浓厚。我们参观了文化园中的施耐庵纪念馆，大大加深了对施耐庵的了解。如《水浒传》的故事来源于其老乡张士诚的起义，《水浒传》曾被朱元璋列为禁书等。现在我们对施耐庵的认识不再仅仅局限于《水浒传》的作者。当时我还产生一个想法：有空时可以驱车再走一遍我们骑行的路线。当然不再是骑自行车，而是驾驶汽车。

如果我们不急于赶路，完全可以在这里尽情游玩，深入了解这个小镇，或许会有更大的收获。遗憾的是，因行程紧凑，我们的参观略显仓促，甚至在上下台阶时，因体力不足而感到两腿颤抖、大腿胀痛等。

下午无阳光照射，较为阴凉，于是我们奋力骑行。在斗龙港和204国道交汇处，我们遇到水上交通堵塞的情况，便停车观看并休息。作为旁观者，这种感觉还不错。随后，我们一直沿着开放大道骑行，穿过盐城的繁华街区。临近离开亭湖区时，在路边找了一家宾馆入住。

在今日的骑行过程中，恰恰得到了许多陌生人的赞赏。如宾馆老板娘、在等红灯的坐在副驾驶的乘客、骑电瓶车的好心阿姨等。作为父亲的我有些嫉妒恰恰，为何我不能得到表扬？我收到的只有关照孩子的嘱咐。这些陌生人对恰恰骑行的赞赏与佩服可能会让其产生自我膨胀的情绪。今晚我建议明日骑行110公里，恰恰并未表示反对，而是表示认同。看来来自他人的肯定比我这个父亲的说服力更强。

今日所获：骑行和人生规划都充满未知和变数，需要我们面对阻碍作出调整。无论是变幻莫测的天气、崎岖坎坷的道路、意外突发的故障，还是职业发展陷入瓶颈、行业变革以及个人兴趣迁移，都要求我们灵活适应，重新规划路线。在人生规划中，应具备灵活性和适应性，掌握新技能，转换职业轨道。同时，要保持目标与现实之间的平衡，即使调整职业道路，也要保持长期目标的清晰和坚定。另外，预见性与准备同样重要，我们需要通过学习和市场调研为挑战做好准备。最后，享受过程是关键，无论是骑行还是人生规划，都在于个人成长和生活体验。骑行和人生规划都是一场关于目标、现实、灵活性和个人成长的旅程，让我们不断学习、适应和成长。

第5天：生日骑行多姿彩　葡萄园里非采摘

地　区	最高温	最低温	天　气	风力风向	空气质量指数
盐城市亭湖区	29℃	25℃	多云转阴	东北风3级	7（优）
连云港市灌南县	30℃	24℃	多云	东北风3级	16（优）

　　今日自盐城市亭湖区新兴镇启程，途经建湖县、阜宁县、淮安市涟水县，最终抵达连云港市灌南县，全程共计110公里。原本已预订一家汉庭酒店，但经恪恪选择，最终决定入住当前酒店。据恪恪所述，今日为其生日，故应依其意愿安排行程。

　　起床之后，洗漱一结束，我们就开始了今天的骑行。在路边找了一家早餐摊，站在路边吃完早餐后便继续骑行了。不过天气阴沉着，总有一种风雨欲来的感觉，于是我们拼命地往前赶。上午10点20分左右，骑到阜宁县城，具体位置是香港路（204国道）南环路处。恪恪用他的手机记录了那些他感到好奇的似曾相识的建筑。我们凝视着天空，祈祷着不要下雨，但天公不作美，还是落下了稀疏的雨点，我们只能在路边避雨。避了一会儿毛毛雨，我们继续赶路。可我们没有骑行几公里，便发现路边有一家超市，于是我们决定去买水备用。正在此时，老天又开始下起了大雨。此时我们有种感觉，貌似我们和雨结下了不解之缘。或是我们追着雨，或是我们被雨追，这一路骑行，虽伴随着不少艰辛，却也平添了几分诗意与浪漫。

题外话：在阜宁县城看到的路名都是香港、澳门、上海、南京……恪恪感觉好奇怪的，为啥总用地名呢？后面还有滨州市很多路名都是黄河几路、渤海几路……

穿过阜宁县城之后，进入329省道，"Yangpu Daqiao"（非"杨浦大桥"，而是"羊蒲大桥"）位于阜宁县羊寨镇盛庄和郭墅镇官庄邻接处。我和恪恪都不由惊叹道，这景真是美不胜收！上有乌云密布，下有芳草萋萋，还有宁静的三江并行，可能因我们照相技术有限，没能够将那美好景象定格下来。不过这次拍照是恪恪主动提出的。恪恪看到三条江平行而行、互不相扰，难道这就是云南那里的三江并流吗？其实这些是淮河入海水道、苏北灌溉总渠。

沿着桥面一路下坡，我们很快就进入羊寨镇的边界了。桥上欣赏美景的恪恪告诉我，他感到很饿了！不过在省道旁边，我们没有发现可以吃饭的地方，也在省道旁的支路上找了一阵子，也没有发现小餐馆。最后没有办法，我们来到路旁的一个葡萄采摘园，怀揣着最后一丝希望，带着有点忐忑的心理，问问主人是否提供有偿午餐。或许因为今天是恪恪的生日，或许女主人出于对我们的好奇与同情，她爽快地答应了。我和恪恪确实很开心，有一种"山重水复疑无路，柳暗花明又一村"之感。

我们一边休息一边与园主攀谈。原来我们和园主五百年前是一家，都姓李。我和恪恪都感受到园主一家人的热情与朴实。园主不仅要忙着接待络绎不绝的顾客，还要不失礼貌地照顾我们。其实我们冒昧地造访已打扰了园主正常秩序，而园主却没有丝毫不悦，相反对恰恰勇气与毅力赞赏有加。

园主招待很好，一大碗葡萄园散养的土鸡汤，还有自家的青椒茄子和杂粮米饭，这些都是习惯了外卖的城里人羡慕不已的。我们仍在下午2点准时出发。我和恰恰深刻地知道，骑到现在了，已经没有可能回头了。恰恰会不怀好意地说也可能发生"自行车被偷"。但在和谐盛世，我们两辆自行车想丢太难了！

我们出发之后，骑行了2—3公里，就到了羊寨镇，其实这里有很多餐馆。由此可见园主热情与真诚。骑过了阜宁县羊寨镇之后就进入淮安市涟水县境内。

我们骑行在蜿蜒曲折的道路上，恰恰则用手机记录了这样的风景。道路虽坎坷，但路旁还是有风景的。70后的写实，00后的写意！下午骑行路程都是如此颠簸不平的乡间小道，恰恰也感受到了爸爸妈妈小时候所走的道路。我们在骑行的时候，想着是要快点离开这种路段，担心一下雨，我们就会困在泥泞之中了。我和恰恰只顾奋力脚蹬，自行车在颠簸中飞驰，双手死死把住车把控制着前行的方向，两眼凝视前方的路，身体尽力保持着平衡，维持着我们不摔倒。我们这一路无暇闲聊，无暇顾及路边美景，唯一的想法，便是快点骑完这段路。当骑行在水泥路上时，我们俩如释重负般不约而同地都想下车休息和拍照纪念。现在回想起来，我们觉得这段骑行是很有收获的。

其实走过的路，不再那么艰苦，而是多了一份美好的回忆，即便是苦难的历程，也能感受到欣喜或欣慰。

后来稍稍休息了两次，每次时间不算长，控制在5—10分钟。恰恰妈妈和妹妹在上海，还不停地给恰恰打气，挑选生日礼物。阴天，天黑得有点早，我们在207县道边休息的时候，才下午5点20分，天逐渐在拉上黑幕了。后来我们骑行了十多公里，也就是到了灌南县城人民广场附近，按照"小寿星"的指示，就找了一家OYO酒店住宿。"小寿星"说，OYO好像也是连锁的，我看到很多家，应该还是不错的。于是我们就选择了这家酒店。

恰恰生日，虽然也在艰苦卓绝地骑行，但是过得很丰富很有意义。一是中午骑行阜宁县羊寨镇时，在一家葡萄园讨个方便，与主人一起吃了口便饭。用恰恰的话说："骗吃骗喝不花钱，蹭网玩游戏真开心。"二是在于虽然天气一直阴蒙蒙，偶尔也下点雨，不过一直没有下起来。当我们骑行在涟水县乡间田埂土道上，心里总是提心吊胆的，生怕一阵大雨，将我们陷入泥泞之中。三是在于骑行路程蛮长的，而且还有些逆风骑行。我们一直朝着西北方向，风却是东南风，耗时比我们预期的要长！恰恰还能找到自己的乐子。

其实对我来说，这次在路边问人家讨口饭吃还是头一次，算是破冰之旅吧！有点大大出乎我的意料，我个人外出一般是很少会去打扰别人的，有时会有些担心，害怕遇到坏人。其实不然，人与人之间信任还是存在的，并非我内心想得那么可怕！或许跟我的经历有关吧。

今天是恪恪的生日，也是骑行中的一天，更是一个普通的日子。恪恪对吃的要求不太高，只要符合他的口味就可以了。既然是生日，那我们就选择了一家面店，来碗长寿面庆生。其实生活本来就是如此，每一天都是普通的日子，只是在于我们当下的心态。

生日骑行，流汗不流泪。顶风前行，费力不弃行。

今日所获：骑行作为一种出行方式，能够促使我们更深入地洞察社会，使我们得以在熟悉与陌生的地域间自如穿梭，引发更深刻的思考。当我们置身于陌生的环境之中，骑行不仅有助于拓宽视野，打破既定的陈规旧习，更能促使我们学会尊重他人的差异与多样性。此外，骑行亦是一种建立新型人际关系的有效途径，它使我们能够真切感受到人与人之间的迥异与共通之处。在熟悉与陌生环境的交替体验中，我们将经历诸多探索与成长的过程，进而对世界形成更为深刻的理解，更全面地认识自我，并学会接纳与包容多样化的存在。

第6天：酷热骑途镜花缘　牢记初衷从未怨

地　区	最高温	最低温	天　气	风力风向	空气质量指数
连云港市灌南县	32℃	25℃	多云转阴	北风2级	29（优）
连云港市赣榆区	30℃	25℃	多云	北风2级	39（优）

　　今日为骑行活动的第六日，我们共骑行96公里。行程自连云港市灌南县启程，途经灌云县、海州区，最终抵达连云港市赣榆区。

　　午间休息后，我们参观了位于连云港市海州区板浦镇东大街7号的李汝珍纪念馆，并购买了一本由馆长亲笔签名并盖章的《镜花缘》书籍。原计划在骑行路线中安排参观花果山风景区的吴承恩纪念馆及方士徐福故里等地，但鉴于每日骑行距离较长且天气炎热，故根据我们的骑行习惯，选择在路线中间午休时段参观李汝珍纪念馆。

　　昨日为恪恪之生日，其后数日，恪恪或将以各种托词提出个人要求。如今日，骑行之余，恪恪以生日次日为由，试图争取更多个人意愿。

　　我们沿207县道骑行，途经武漳河旁二郎神文化遗址公园时，恪恪于上午9点左右提议参观，被我婉拒，随后恪恪默默跟随骑行。行至一五岔路口，因风景秀丽，我们停车驻足，稍作休息并欣赏美景。

骑行至灌南县张店镇时，我们遇到一条特别迂回的道路，宛如九曲十八弯，一度让我们怀疑导航的准确性，便谨慎骑行，以防误入歧途。实则地图显示，该道路形似圆圈。河流纵横交错，河堤公路上下坡陡峭。此处有盐河、新沂河等河流，我们频繁上下桥梁及河堤，体力消耗较大。越过河堤后，我们进入了灌云县。

沿灌云县204国道骑行至下车镇仲集村，稍作停留，补充水分。今日天气炎热，恰恰饮水颇为豪爽。我们继续沿204国道骑行，前往李汝珍纪念馆。中午12点45分左右，抵达纪念馆，但馆门紧闭。于是我们先寻找餐馆用餐，餐后再次前往。

午餐后，短暂休息一小时，便按原计划前往赣榆区，途中再次前往纪念馆查看是否开馆。所幸，纪念馆已开放，并有小学生及家长参观。或许之前闭馆为午休时间。纪念馆规模虽小，但意义重大，作为连云港市爱国主义教育基地，实行免费对外开放。待其他参观者离开后，我们与馆长交谈，并有幸获得馆长亲笔签名并盖章的《镜花缘》书籍。在馆长指导下，恰恰临行前仔细研读了书中的内容。

我们继续沿204国道骑行，于下午2点56分在连云港海州区瀛洲路的凤凰山公园步行路上休息调整。此次骑行经历诸多趣事：

首先，连日来的阴雨天气终于结束，进入炎热骑行模式。骑行至海州区郁洲北路陇海东路附近时，大约是在下午3点20

分，因天气炎热，我们便就近选择了一家快餐店避暑。恪恪略感不适，或因连续骑行带来的些许劳累。在快餐店内，休息期间，恪恪沉迷于手机，而我则因无处充电，只能在一旁陪伴。我们大约休息一小时后，于下午4点20分左右重新踏上北上行程。此时，自行车因无处遮阳，暴晒于阳光下，这或许为后续车胎问题埋下隐患。

其次，两辆自行车之后均遭遇爆胎。爆胎地点位于海州区新浦大道薰衣草园附近，上坡时，恪恪感觉自行车异样，颠簸不已。下坡时，恪恪建议我试骑，我一上车便感觉前胎没气。于是我们立即停车准备换胎。这是我们自去年远途骑行以来，首次遭遇爆胎。面对此情况，我内心颇为忐忑，毕竟这是首次经历。许多意外并非在万事俱备时发生，往往令人措手不及。我迅速在路边展开换胎工作。

首次换胎确实略显生疏，但年轻时我曾修理过自家自行车，此类工作便不在话下。尽管手艺已搁置二三十年，但在今日，我再次在孩子面前展示了此技艺。如今，自行车拆装简便易行，大约十分钟我便修理完成。我们继续前行，但骑行仅20多分钟后，我的自行车后轮也漏气了。于是，我采用简单方式，及时充气，继续骑行。先后停车充气两次，终于完成今日最后28公里的行程。

最后，一路上，我们父子除因玩手机产生争执外，其余时间相处融洽，有说有笑。如我提议更换自行车，恪恪玩笑道："好呀！我赞同，挣2万元，给你买一辆2000元的，给我买一辆1.8万元的。"实则在家，父子独处时间有限，往往各自忙碌。此次骑行之旅的两周，或许是我们父子相互了解的绝佳机会。

抵达宾馆后，我们将自行车锁于路边。至此，今日骑行任务圆满结束。

今日所获：在骑行中，我们体验了体力的挑战和精神的滋养。体力的消耗让我们更加珍视健康，而精神的滋养丰富了我们的灵魂。这种结合不仅锻炼了身体，也充实了心灵。我们在赶脚忙碌中寻找快与慢的平衡，在行动中寻求内心的平静。通过骑行与参观，我们学会了在动态中寻求静态，在行动中进行深思，从而在体力和精神上都获得提升。这种体验使我们更全面地理解世界，成为更丰富立体的人。

第7天：日程过半今半百　港城出发进齐鲁

地　　区	最高温	最低温	天　　气	风力风向	空气质量指数
连云港市赣榆区	34℃	26℃	多云	西南风2级	57（良）
日照市岚山区	32℃	25℃	多云	西南风1级	16（优）

　　今天的骑行之旅虽然只有40公里，却满载着丰富的意义和故事。从连云港市的赣榆区到日照市的岚山区，我们不仅跨越了地理的界限，更在不知不觉中完成了一周的骑行，行程过半。最重要的是，终于进入了山东，这个新的省份给我们带来了新的体验和感受。

　　恰恰的生日刚过，他似乎更倾向于找个地方好好休息，而不是继续骑行。我们选择了日照市岚山区汾水镇的盛宾大酒店作为今天的休息站。在这里，我们将享受一个悠闲的周末，也给自己一个放松的机会。

　　清晨时分，还在睡梦中的我们被前台的电话叫醒，他们提醒我们要将自行车停放到宾馆内，以免被交警作为违规停放处理。这个小插曲让早晨变得有些忙碌，但也让我们意识到了旅途中存在各种不确定性和挑战。

　　当晨光洒满大地，我跨上自行车，准备迎接新的一天时，却注意到后轮似乎有些瘪塌。回想起昨天的忙碌，我意识到自

79

己没有抽出时间来处理这个问题。我们商量好了之后，恰恰去购买早餐，我来更换轮胎。我们各自忙碌，却又相互依赖。

我卸下自行车后座上的驮包，找出了需要的工具，将自行车倒置，开始动手操作。首先，用多功能扳手将自行车后盘两侧的六角螺母拧松，随后拆卸脚撑及后座支架。其次，松开刹车绑定支架的螺丝。当然，还要妥善保管拆卸下来的螺母与螺丝。接着，松开链条，以便拆卸后盘。随后，我小心翼翼地将外胎与内胎扒下。用专门换胎工具，可避免弄坏内外胎。扒下外胎与内胎后，即可更换新的外胎。最后，需先装外胎，再装随车携带的新内胎，内外胎装好后，再将轮子装好，并复原链条、刹车等部件。我还要不断调试，以确保其与两侧的距离均等，否则轮子歪斜，易发生摩擦，骑行有危险。经过20分钟的努力，我成功地更换了轮胎，这让我对自己的修车技能变得更加自信。后续回到宾馆，我将扎破的内胎补好，以便作为备用胎使用。

我们的骑行路线沿着204国道，这是连云港市与日照市的主要通道。原计划是骑行到五莲县的云逸艺术酒店，全程约110公里。按照惯例，我们会在骑行中适当休息和补给。但今天，恰恰似乎有些疲惫，骑行的速度不如以往。我最初没有察觉，直到我也感到了身体的疲惫。

我们没有找到山东省和江苏省之间的界碑，这让我们有些失望，原本是想为恰恰拍照留念的。但当我们进入山东省区域，恰恰就开始寻找可以休息的地方。中午11点，我们就办理了酒店入住手续，这比我们预期的时间要早。

午饭后，我在酒店休息，恪恪则忙于玩耍。他的生日刚过，他更想放松和享受。晚上，他不想写作业，只想玩游戏。我们去了超市，买了一些水果和食物。超市的贴心服务让我们印象深刻，比如切好的西瓜会配上小勺子，这种小细节体现了商家的用心。

今天的骑行虽然短暂，但却是一次深刻的体验。我们不仅在身体上得到了休息，也在精神上得到了放松。这次旅行让我们更加珍惜旅途中的每一个瞬间，无论是挑战还是享受。

今日所获：骑行活动堪称一次心灵的悠长旅程。在我们采取的这种缓慢骑行节奏中，周遭的世界展现出了细腻且丰富的面貌。没有急促的催促声，没有急躁引发的焦虑情绪，唯有宁静平和的心境与对未知领域的浓厚兴趣。我们拥有充裕的时间来自行修理自行车，也有良好的心情去观赏沿途的花草，细细品味路边餐馆提供的美味佳肴，从而真切地体会生活的本质。慢节奏的骑行方式，是对生活的一种别样诠释。它向我们揭示，在快节奏的现代生活中，偶尔放慢前行的步伐，去感受周遭的一切，去思考生活的意义，去珍惜当下的时光，是至关重要的。每一次的驻足停留，都是心灵的一次深度呼吸，每一次的重新出发，都是对自我的一次全新探索。在这段缓慢而深入的骑行旅程中，我们发现了日常忙碌中难以察觉的细微之美。

第8天：体乏汗血骑行路　前功尽弃舒适区

地　区	最高温	最低温	天　气	风力风向	空气质量指数
日照市岚山区	30℃	25℃	多云转阴	东南风2级	15（优）
潍坊市诸城县（现已更名为诸城市）	35℃	24℃	多云	东南风3级	40（优）

今日，我们完成了112公里的骑行旅程。起点为日照市岚山区，沿途经过东港区、青岛市黄岛区，最终顺利抵达目的地——潍坊市诸城市。

整个骑行过程中，我们遭遇了高温天气的严峻考验。两辆自行车在中午前后各发生了一次爆胎事故，导致我们备用的内胎全部用尽。为确保后续行程的顺利进行，我与同伴恪恪在见到修车行后，立即决定购置两套全新内胎，此举有效缓解了我们的担忧。

进入诸城后，我们开始面对山路骑行。即便是220省道也包含许多长坡路段，而在城区和县道，坡度更是陡峭至极，以至于我们只能推车前行。

在骑行至日照市东港区涛雒镇204国道海洋大道附近时，恪恪的自行车前轮再次漏气。得益于前两次的换胎经验，我们此次应对更加从容，成功完成了换胎工作。恪恪也在此过程中积极参与，协助完成换胎。在一旁休息的马路保洁人员默默注视着我们熟练地操作，或许心中有着自己的感慨。

大约下午1点30分，在204国道与220省道路口附近，即东港交警大队两城中队检查站处，我的自行车后轮也出现了气压不足的情况。经过此次换胎，我的技艺再次得到了提升。

此时，备用内胎已经全部用完，仅剩两条已扎破的内胎。鉴于天气炎热，车胎容易受损，我们担心若再次发生扎胎情况，将无法及时更换，只能进行补胎。因此，在黄岛区发现一家自行车店后，我们立即购买了两条新内胎，从而确保了后续骑行的顺利进行。

在骑行过程中，我们于上午10点左右在一个加油站附近进行了短暂的休整。随着山路的出现，我们感受到了爬坡的艰难。中午12点时，酷热的天气使我的体力达到了极限，于是我们选择在阴凉处休息。在休息期间，我与恪恪进行了简短的交流，表达了对未来与他一起骑行至西藏的期望，但遗憾的是，恪恪当时并未给予回应。不过，在后来的确认中，他表示自己听到了我的话，并表示愿意一同前往。

大约下午1点时，我们在东港区两城镇204国道两城大桥附近的餐馆用餐并休息。进入山东省后，我们明显感受到菜量的增加，两个菜都未能吃完。此外，恪恪原本想吃米饭，但餐馆只提供了馒头。令人惊讶的是，恪恪一口气吃了三个馒头，展现出了惊人的饭量。同时，他还向我提出了关于骑行是否有助于身高增长的问题，对此我无法给出明确答复。不过，回家后我发现恪恪的身高确实增长了不到2厘米，但这也并不能直接归因于骑行。

在骑行中，玩是恪恪永恒的主题。无论身体多么疲惫，他总能保持好奇心，寻找乐趣。

与前几日相比，今日骑行的山路坡度更加显著且坡长超出预期。这也难怪恪恪在朋友圈中称赞在此地骑行是一项不错的选择。同时，我们也注意到今日骑行路线的海拔也在持续上升。

今日，恪恪在诸城街道上不慎摔倒。这是今年骑行过程中首次发生摔跤事件，其左手臂、左腿膝盖均有擦伤，并留下较深的血痕，同时，运动手表的表盘也遭受磨损。当时正值下班高峰，诸城街道坡度较大。我们沿路骑行，仅遇见2—3辆自行车，这或许表明此地骑自行车的人相对较少。从这一角度来看，我们在最初规划线路时，未能充分考虑山路、坡度等因素。因此，在当晚规划后续线路时，恪恪利用卫星图像来判断是否存在山路，这一方法颇为有效。

抵达宾馆后，恪恪在完成沐浴后，便沉溺于手机视频中，达到了废寝忘食与休息的地步，对于我提出共进晚餐的邀请也全然不顾。我则忙于洗涤衣物及各项整理工作，并为次日的行程做准备。因此我对恪恪的表现深感不满，我与恪恪的母亲通了电话，表达了不想再继续带领恪恪进行骑行活动的意愿。在获得恪恪母亲的同意后，我严肃地与恪恪进行了交谈，这与其说是沟通，不如说更接近于一种警告或宣告。我告知他，要么放下手机继续骑行，要么为他购买高铁票返回上海，而我继续骑行。最终，恪恪选择了继续骑行。在接下来的骑行日子里，恪恪对骑行的参与度有了显著提升。若未来仍有骑行计划，我们需提前基于恪恪使用手机的问题共同制定规则，并提出其他相关要求。

今日所获：恪恪在骑行活动中致力于寻求乐趣，即便遭遇了意外的跌倒，其热情亦未曾有丝毫减退。他通过欣赏自然景致、挑战自身极限以及品尝沿途美食等多种途径，深入体验并感受着骑行所带来的种种生活体验。对他而言，骑行不仅是一场身体上的游历，更是一次心灵层面的探索。实际上，我内心深处始终怀揣着骑行前往西藏的梦想，正因如此，才与恪恪展开了关于赴藏的交谈。这或许也体现了骑行于我而言所承载的更深层次的意义：将平淡无奇转化为饶有趣味，将看似无意义之事赋予其深远的意义。这，正是生活所追求的真谛。

第9天：炎炎伏晨别诸城　滂沱雨晚入潍城

地　　区	最高温	最低温	天　　气	风力风向	空气质量指数
潍坊市诸城县（现已更名为诸城市）	36℃	26℃	小雨转雷阵雨	东南风3级	32（优）
潍坊市潍城区	36℃	26℃	多云转小到中雨	西南风3级	18（优）

　　我们原本计划今日骑行130公里，前往寿光市。然而，因天气状况不佳，实际骑行距离缩短至92公里，起点为诸城市，途经安丘市、昌乐县、坊子区，最终抵达潍城区。

　　今日骑行过程中，天气相较于前两日较为凉爽，未感过于炎热。下午1点半，我们开始了下午的行程。但在距离坊茨小镇仅剩1.2公里时，天气突变，大雨如注。我们最终决定直接前往预定的酒店。

　　安丘市内的道路正在维修，无论是省道还是国道，均处于施工状态。因道路施工，车道减少，通行车辆增多，导致行车危险系数上升。或许是我有些过度担忧，但作为父亲，我始终心存忧虑。

　　恪恪早晨起床后行动迟缓，耗时一个多小时才整理完毕，准备出发。早餐是昨晚在超市购买的牛奶和面包，我们办理退房手续后，开始了骑行之旅。诸城市周边虽有不少值得游览的景点，但为了确保完成130公里的行程，我们不得不忍痛割爱。

骑行约1小时后，我们在路边稍作调整。恰巧在诸城市206国道工业东路路口附近，我们发现了机器人小镇，便将其作为临时景点进行拍照留念。恰恰坚持要戴上骑行面纱合影，以增添一份神秘感。

我们在诸城市的相州检查站进行了上午的休息。恰恰对路边的一切都充满了好奇，拍摄了许多大桐树的树洞。经过一番解释后，他觉得这些观察和记录非常有趣。

大约12点30分，我们选择在安丘市区的泰华城进行用餐。恰恰挑选了他喜欢的"开封菜"，而我则在隔壁餐馆吃了些米饭。我们在餐馆休息了一个小时后，继续骑行前往坊茨小镇。

我们在安丘境内骑行约30分钟后，到达了大汶河大桥。汶河（安丘）是一条富有文化和历史的河流，这是通过网络查询后得知的。显然，骑行速度过快，未能留出足够时间去深入了解当地的历史文化。

今日骑行的最大乐趣在于再次避雨，并且我在朋友圈分享了这一经历。朋友们纷纷评论：似乎我只有在避雨时才会发朋友圈。我们在桥洞下等待了近1小时，暴雨持续不断，桥洞下聚集的人群也越来越多。大家各自低头玩弄着手机，唯有一位老者背手观察着雨势，这一幕，无疑成为当时情景的真实写照。

这场突如其来的暴雨使得我们前往坊茨小镇的计划泡汤。尽管计划周详，但一场大雨便让一切计划化为泡影，这让人不禁质疑规划的意义。因此，我们调整了计划，放弃参观，冒雨骑行15公里，耗时1小时，抵达酒店。我们沿着潍州路骑行了很长一段距离，也被过往的汽车溅了一身泥水。

当全身湿透地进入酒店时，大厅里的客人可能都用异样的眼光打量着我们。境由心生，尽管我们的外表略显得有些狼狈，但我们父子俩的脚印，在这室内的空间留下了独特的印记，见证着我们的到来。

晚上，我们进行了点外卖、洗衣、晾衣以及与恰恰妈妈和妹妹视频通话等常规活动。经过昨晚父子间的智斗，今天恰恰似乎变得更加体贴。

今日所获：这九日的时光，不仅是我们一起并肩骑行的时光，更是一段难得的父子独处时光。我逐渐认识到，当骑行被赋予过多的目的时，我的陪伴可能就演变为"陪而不伴"。恰恰似乎有所察觉，他选择以一些在我看来或许"不合理"的要求来表达自己。我回忆起骑行的初衷，本意是让恰恰体验生活的艰辛与不易。这一点，骑行无疑已经实现。然而，我似乎过于急切地希望这次骑行能发挥更大的作用，以至于在不经意间，忽略了我们之间共处的乐趣和相互了解的机会。在这段旅程中，我应该更加珍惜与恰恰的每一次对话，每一次共同面对困难的时刻。这些，才是骑行中最宝贵的部分。我逐渐明白，骑行不仅是一场身体上的挑战，更是一次心灵上的交流。我应该放慢脚步，不仅仅是为了更远的目的地，更是为了享受与恰恪在一起的每一刻。我要学会倾听恪恪的声音，无论是他的欢笑还是他的抱怨。我要与他一起探索路途上的每一处风景，分享每一个故事。因为，这些共同的记忆，这些父子间的深刻联结，才是我们骑行路上最美丽的风景。

第 10 天：暑热骑行无地避　齐鲁路餐无米粒

地　区	最高温	最低温	天　气	风力风向	空气质量指数
潍坊市潍城区	36℃	26℃	多云	东北风2级	24（优）
滨州市博兴县	37℃	27℃	多云	东北风2级	35（优）

今天我们骑行了 100 多公里。我们从潍坊市潍城区出发，经过了寿光市、东营市广饶县，最后到达了滨州市博兴县。

100 公里是我们骑行的标配，也是骑行的最低目标。这一标准同样得到了恪恪的认可。我们目前还没有尝试过再加 30 公里的距离。今年骑行至今，我们最长距离是 110 公里。我一直想突破 110 公里，想挑战一下 130 公里。经过一番口舌，恪恪终于同意今天骑行 130 公里，直奔滨州。然而，实际情况显示，今日骑行距离大幅缩短。相对而言，昨天骑行距离打折扣是因为滂沱大雨所致。今天呢？是因天气过于炎热，恪恪显得比较疲倦，今天行程是一路西行，下午迎着夏日阳光骑行确实不容易，真心酷热难耐。没想到昨天下午淋成落汤鸡的经历还历历在目，今天下午却是酷热难受，这真的是只有老天爷才做得出！

我们直至 7 点 40 分才办理退房手续，随后于 8 点 15 分从潍坊火车站附近的茶都大街早餐店启程。我们沿着和平路、健康西街、安顺路骑行，其间不断在省道与国道之间转换路线。穿越潍日高速后，抵达了寿光东门广场。

鉴于天气炎热，我们增加了休息的频率。大约在11点30分，我们选择了一家恪恪偏爱的快餐店，并在这家快餐店内停留了约半小时。我为恪恪点了他钟爱的薯条和两杯饮料。

中午时分，我们抵达了广饶县大王镇的一家重庆小面馆。在那里，我享用了一碗面，并休息了近1小时。随后，在骑行途中又安排了短暂的5分钟休息。

博兴县城的主要街道大多以博城路、胜利路等命名。

在今日的行程中，我们三次购买了饮用水。每次恪恪均是花费了10元，且每次都是三瓶水或饮料。恪恪认为这种巧合颇为有趣。

在骑行的道路上，我们经常会遇到一些难以理解的事件。恪恪时常安慰我，帮助我缓解情绪上的困扰。当然，他也会通过转换视角来治愈自己的心情。

在顺利地完成了入住手续之后，我们决定先去洗个热水澡，以缓解旅途中的疲惫。然后，便前往附近的超市，准备采购一些方便食用的食物。在超市里，我们精心挑选了各种熟食，还购买了新鲜的牛奶以及各种水果，比如苹果、香蕉和葡萄。我们带着满满的收获返回了宾馆。

回到宾馆房间，我们迫不及待地打开了电视，寻找着感兴趣的节目。一边观看电视节目，一边开始享用刚刚购买的熟食、新鲜的水果和凉爽的牛奶。在轻松愉快的氛围中，时间过得飞快，不知不觉间，天色已黑了下来，我们也感到有些困倦了。此时，我们意识到，是时候准备就寝，好好休息，为第二天的活动储备能量了。

进入山东省地界，恰恰已连续数日未尝米饭。对于长期习惯南方饮食的他而言，这无疑构成了一个全新的考验。米饭，这一日常看似平凡的主食，如今却成为他心中挥之不去的思念。恰恰深刻地感受到南方与北方在饮食文化上的差异，这种差异不仅表现在食材和口味上，更是一种生活方式和习惯的交融。

在骑行的旅途中，恰恰的味觉随着车轮的滚动而经历了一场探索之旅。他努力适应北方的面食和粗粮，尽管起初感到些许不适，但随着时间的推移，他逐渐对这些新奇的食物产生了兴趣。每一口馒头、每一根面条，都成为对恰恰饮食习惯的挑战，同时也是一次全新的探索。

今日所获：骑行所带来这些体验是书本知识所无法提供的，那么生动，那么立体，还那么直接。在骑行过程中，恰恰不仅在地理上跨越了南方与北方的界限，还在味蕾和身体上跨越了抵触与适应的屏障，更在文化和心灵上跨越了自我与外界的界限。这些前所未有的体验，使他更加深刻地理解了"读万卷书，行万里路"的真谛，也让他的成长之路更加丰富多彩。

第 11 天：黄河大桥当空饮　受田故居惜伤雏

地　区	最高温	最低温	天　气	风力风向	空气质量指数
滨州市博兴县	36℃	26℃	多云	东北风2级	24（优）
德州市庆云县	37℃	27℃	多云	东南风2级	42（优）

今日，我们共骑行超过 110 公里。行程始于滨州市博兴县，途经滨城区、沾化区、阳信县、无棣县，最终抵达德州市庆云县。此行或许创下了我们单日穿越区域县份数量之最。

今日上午，我们沿着 G205 国道持续骑行。大约 9 点 30 分，我们经过了滨州黄河大桥，得以近距离体会到黄河的壮阔。尽管非机动车道较为狭窄，但在主桥上骑行的安全性尚佳。然而，引桥部分则需格外小心，因为机动车道与非机动车道仅以一条实线分隔，这要求我们在骑行时必须保持高度警觉，既要留意过往的机动车辆，也要提防速度极快的电动自行车。

正当我们沿着引桥骑行时，不幸的事情发生了。我察觉到自行车后轮再次出现漏气。因为我们仍在引桥上，尚未抵达正式的街道，我们便靠边停车，为车胎充气后继续前行。骑行约 2 公里，我们到达滨州市五四转盘附近的人行道，开始进行换胎和修车工作。此次修车过程相对顺利，恪恪也积极参与辅助工作，并不时拍照记录。我们的努力赢得了路人的赞赏，几位老先生对我们竖起了大拇指，称赞我们自食其力。实际上，每次轮胎的损坏都是因被尖锐物体扎破，而此次损坏尤为严重，这主要是因为天气炎热，轮胎材质变软，更容易被尖锐物体刺穿。

修车间隙，我们也在路边树荫下稍作休息，享受了一段惬意的时光。修好车后，我们继续沿着国道（渤海五路）骑行15公里，途中见到一个路牌指示杜受田故居仅200米远。我们决定顺路参观，至少骑行了2公里。可能是因为误解了路牌信息，最终我们来到了滨州市滨城区滨北街道南街的杜受田故居。在这里，我们了解了杜受田的学问与为官之道。故居为AAAA级旅游景点，园内花团锦簇，庭院错落有致，让人感受到了昔日大户人家的文雅与财富。

骑行约20分钟后，大约中午12点30分，我们选择了一家路边快餐店用餐。店内仅剩下猪肉馅包子，我和恰恰各吃了3个，仅花费6元便解决了午餐，这也是最为经济实惠的一餐。用餐时，我们与店主交流了骑行的经历。通过交谈，得知也有不少人选择了与我们相同的路线。当然，还有更为大胆的骑行者，他们甚至携带帐篷，随地露营。在我们交谈之际，突然狂风大作，似乎预示着一场暴雨即将来临，但最终雨并未降临，于是我们在下午1点30分左右继续北行。

起初，我们遭遇了顶风，骑行变得异常艰难，刚补充的能量似乎都消耗在了抵抗风力上。幸运的是，大约3公里后，我们从乡道转入G205国道。国道上出现了长达5公里的交通堵塞，场面颇为壮观。尽管天气依旧阴沉，似乎随时可能下雨，但长长的车流为我们挡风，使得我们的骑行变得更为顺畅。

沿着国道继续骑行，经过滨州市的潮河后，我们才得知交通堵塞的原因是一起严重的交通事故。许多救援人员正在忙碌地进行救援和抢修工作。尽管如此，我们还是继续了骑行之旅。

骑行经过沾化区、阳信县，最终进入了无棣县。一路上，有国道的维护人员试图与恪恪交谈，但由于恪恪无法理解当地的方言，交流未能成功。恪恪开始质疑我之前告诉他的话："进入山东省后，你可以听懂一些方言。"显然，对于山东的方言，恪恪仍然感到陌生。

大约下午4点30分，我们在无棣县城的G205国道（北环路）上，注意到许多背着书包的初中生骑着电瓶车放学回家。这反映出当前教育培训的火热。正如人们所说："暑期不是用来放假的，而是用来超越的。"因此，许多学生选择参加补习班。尽管如此，我和恪恪都毫不犹豫地选择了骑行，尽管我们的目的可能不同。但或许恪恪的母亲会有不同的看法。

童心未泯是恪恪保持好奇心的重要原因。在杜受田故居，我们花了超过1小时参观。然而，恪恪更多的时间和心思都花在了观察、思考和安置一只受伤的鸟儿上……它为何不能飞翔？它哪里受伤了？它会否死亡？哪里对它来说更安全？恪恪深知我们不能带着它骑行，否则他一定会毫不犹豫地将它带走。

入夜后，天色依旧明亮。楼下的夜宵摊也开始陆续摆出。晚餐时，我独自外出打包了一份炒鸡和两份米饭回到宾馆。我们父子俩就这样以一份菜和一份饭作为晚餐。然而，由于我们吃得过于投入，结果炒鸡的汤汁溅得到处都是，连床单上也沾满了汤汁，一片狼藉。最后我们不得不求助宾馆工作人员，让他们帮我们更换了干净的床单。

今日所获：骑行中，方言是了解地方文化的桥梁。从吴语的柔和到山东话的直率，我们体验了语言的多样性和地域特色。恪恪对语言变化感到新奇，偶尔尝试模仿当地口音，乐在其中。方言让我们深入理解当地生活，感受他们的情感和性格。骑行体验了语言的独特魅力，丰富了旅行体验。方言让我们感受到不同地域人民的热情与生活态度，这是骑行独有的乐趣，是书本无法提供的体验。

第12天：纸上得来终觉浅　绝知此事要躬行

地　　区	最高温	最低温	天　　气	风力风向	空气质量指数
德州市庆云县	36℃	26℃	多云	东南风2级	42（优）
沧州市青县	37℃	27℃	多云	东南风3级	63（良）

　　今日骑行共计110公里，主要途经G204国道和G104国道。行程始于山东省德州市庆云县，途经河北省沧州市盐山县、孟村、沧县、新华区，最终抵达青县。

　　今日大部分时间均在沧州市境内骑行，从汉庭酒店（庆云店）出发，沿G205国道直至庆云县与盐山县交界处（亦是山东省与河北省的交界），全程仅约8—9公里。

　　恪恪母亲的故乡泊头市毗邻盐山县，是我们常去之地。然而，本次骑行计划紧凑，未能抽空前往探望恪恪的外祖父。

　　自酒店出发后，我们沿祥云大道向北骑行，至山深线路口时，在路边早餐摊享用了一顿丰盛的煎饼。实践证明，这顿早餐足以支撑我们直至午餐时间。

　　上午9点15分，抵达盐山县望树镇前店村，在G205国道旁稍作休息，闲聊片刻。原计划继续沿205国道骑行，但恪恪体力不支，行进缓慢。多次催促无果后，我们决定在盐山县城内休息，以积蓄体力。在盐百生活广场的快餐店休息期间，我趁恪恪观看视频时，前往超市购买了两瓶2.5升的纯净水，确保骑行途中饮水无忧。

恪恪在长时间骑行中，对冷饮和食物保持了良好的自控力，即便目睹我饮用冷饮，恪恪亦能自律。然而，对于游戏和游戏视频，恪恪却难以抗拒。

我们始终保持着大约每小时休息5至10分钟的习惯。无论是路边休息还是室内休息，恪恪总能找到娱乐的方式：路边时，恪恪会就地取材玩耍；室内时，则依赖手机。手机与自然、虚拟与现实、二次元与真实世界之间的冲突，似乎是家长与孩子间不可避免且难以调和的矛盾。

下午2点30分，正常来说，这个时间我们应已用完午餐。但今日我们尚未进食午餐，原因在于早餐摄入量较大，至今尚未感到饥饿。

下午3点30分，正当我们刚进入沧州市新华区时，我的自行车后胎再次被扎破，具体位置在解放东路与黄河东路路口附近。我本打算自行更换，但恪恪轻声提出："你上次不是说下次让我来换吗？"考虑到骑行进度，我担心恪恪换胎会耽误时间，影响后续行程。但既然恪恪主动提出，我便决定让他尝试。整个换胎过程中，恪恪动作迅速，过程还算顺利。对于00后而言，这样的体验实属难得。其实，事情本身并不复杂，关键在于勇于尝试和动手实践。最终，恪恪还不忘自我肯定，表示："与同龄人相比，我会换自行车内胎，这很不错！"

我们未进入运河区用餐而节省下来的时间恰好抵消了换胎

的过程所用耗时。

办理入住时，我们与前台工作人员进行了简短交流。她们得知我们从上海骑行至北京，对这位十二岁的小男孩表示了赞赏。她们主动提出让我们将自行车停放在大厅内，但我们婉拒了，心里盘算着反正我们的车并不名贵，万一不慎丢失，我们也能坦然地乘坐公共交通，继续我们的旅程。

晚上，我们通过前台点了外卖，由于未正式享用午餐，我们点了两菜一汤和两份菜饭。虽然点的量不少，但最终还是被我们两人一扫而空。看来，中午未好好用餐确实对晚餐的食量产生了影响。

借用陆游的诗句"纸上得来终觉浅，绝知此事要躬行"，来表达我对恪恪的期望：未来之路，需自行探索，亲身实践！

今日所获：我感到十分欣慰，恪恪主动提出尝试更换轮胎，体现了他解决实际问题的能力。这种勇于尝试的精神，让我对他未来的发展充满信心。在成长的历程中，每一次经历都是一笔宝贵的财富，我坚信恪恪会以此为起点，不断自我提升，勇敢面对更多挑战。恪恪的眼中闪烁着对未知世界的探索欲望和热切期待，他似乎已经做好了迎接每一个明天的准备。面对挑战，恪恪表现出色，这份经历必将成为他人生宝贵的财富。

第13天：不畏浮云遮望眼　莫使功成空心欢

地　区	最高温	最低温	天　气	风力风向	空气质量指数
沧州市青县	37℃	28℃	多云	东南风3级	63（良）
廊坊市永清县	36℃	25℃	多云	东南风3级	55（良）

今日，我们实际骑行了105公里，主要行驶于省道之上。起点是沧州市青县，途经天津市静海区、廊坊市文安县、霸州市，最终抵达永清县。

此行路线乃我昨晚精心规划，而今日骑行总体顺利，早早抵达永清县城。对我而言，遗憾的是未能在今日完成最后20公里的骑行。恪恪则认为，按计划行事是正确的选择。

每次的计划似乎总是难以完全如愿，即便实现了，也难免留有微小的遗憾。例如，今日的骑行，虽然原计划骑行130公里，但因种种原因未能达成。而今日的105公里计划却得以完美实现，下午5点30分便抵达了酒店。若按此进度，再骑行20公里，相信也不会太晚。可惜的是，我们未能提前做好相应的计划。生活往往如此，刻意追求往往难以触及，而无意间却能轻易获得。

今日早晨约8点出发，早餐是在青县信誉楼商厦对面的快餐店解决的。或许是周六的缘故，在此处吃早餐的人特别多。

然而，我们仅用了15分钟便解决了早餐，8点30分便开始了北上的骑行之旅。

9点25分，我们沿着青王线骑行至S381省道路口的加油站休息并购买了大量瓶装水。加油站的工作人员还主动帮恪恪拿了八瓶水。恪恪后来告诉我，店内有优惠活动，店员建议我们多购买一些，非常划算。这些水远远超出了我们通常只买四瓶的惯例，看来恪恪也容易受到影响。

我们继续沿着新津涞线骑行，大约10点到达了天津市静海区的界牌处。这也意味着我们正式进入了天津市。我原本计划前往天津市，但沿着新津涞线骑行也算是间接实现了我的初衷。大约11点，我们穿过静海子牙镇东子牙村，见到了"姜子牙故里"的标识牌，心中不禁思索这是否真的与姜子牙有关。经过一番查询，得知"子牙"源于当地的一条河流。

接下来，我们骑行了一段较长的乡道。北方的乡村道路两旁种植着高粱等农作物，与南方不同，这里没有水沟渠。道路平坦，骑行起来较为省力。但当前路段有坡度，因为此地水系较多，不时需要上下坡。我的自行车前轮气压不足，经过检查，我们决定不更换车胎，而是通过及时充气来解决胎压问题。看来我的这辆老自行车确实需要休息了，前后轮似乎都在抗议。

中午12点，我们到达了文安县德归镇，德归镇与静海区子牙镇相邻，实际上我们并未骑行太远。我们在272省道（廊崔线）旁找到了一家餐厅享用午餐。经过多日的北方骑行，恪恰已经适应了北方的饮食习惯。恰恰偏好肉食，不太喜欢蔬菜，因此我们点菜时尽量多选肉类，我还特意点了一份炒羊杂和一种误以为是啤酒的菠萝啤饮料。我们边吃边休息，1小时的休息时间很快就过去了。不过，恰恰对羊杂这类菜并不感兴趣，结果这些食物都由我一人享用了。

下午1点15分，我们沿着廊崔线（廊坊至崔尔庄）骑行了20公里，到达霸州市胜芳镇河边休息。我们席地而坐，恰恰提议明年骑行时应准备便携式小板凳，以便休息。看来恰恰对这次骑行颇为满意。我们似乎感受到了骑行的结束，这个京城旁小镇的繁华程度不亚于某些县城，或许这就是帝都的辐射效应吧，不知八环是否会延伸至此。

下午3点30分左右，我们骑行至霸州市信安镇境内，穿过镇里的街道，注意到有一家自行车修理铺。我当时考虑修理这辆难以支撑的自行车，但又担心影响行程进度，于是选择继续前行。再骑行10分钟后，我们看到路边有一家小商店，便停下来购买水和休息。我与恰恰并排坐下，近距离为恰恰拍摄了几张照片。这两周的骑行，恰恰的肤色明显变深，烈日下汗水流淌……对于骑行，我不确定我们收获了什么。实际上，这一路上我们曾考虑放弃，发生过争执……确实不易，孩子的成长更是不易，作为父母应该多一些理解。

下午5点30分，我们入住酒店，依旧点了外卖用餐，随后进行洗漱，最后安心休息，为次日进京养精蓄锐。这一路骑行，颇有古代举子进京赶考之感，虽谈不上艰苦卓绝，但也算是历经坎坷。这一晚，我终究没能忍住，发了一条朋友圈，虽然明天避雨再发可能更有意义：距离北京还有20公里，明日轻松地为今年三伏天骑行画上句号！渡过长江，跨过黄河；摔过跤，受过伤，流过泪；穿越苏鲁冀津，终将进京！多少坎坷，虽有我同行，路仍需你努力前行……

今日所获：在骑行中，恪恪展现出了坚定不移的精神，勇敢地面对各种挑战。无论是面对陡峭的坡道还是突如其来的暴雨，他都未曾有过丝毫退缩，而是选择勇敢地直面这些困难。每一次的坚持，都是他勇气的展现；他以一种积极向上的态度，对待身体上的摔伤、饥饿、困顿，目标依然明确。自行车的故障、骑行路线的错误，都成为他学习和进步的契机。坚毅不仅让他在骑行中超越了自我，也为他未来的人生道路奠定了坚实的基础。这些经历，宛如沿途的风景，将成为我俩记忆中最为灿烂的一页。

第14天：千淘万漉虽辛苦　吹尽狂沙喜达京

地　　区	最高温	最低温	天　　气	风力风向	空气质量指数
廊坊市永清县	36℃	25℃	雷阵雨转中雨	东南风2级	68（良）
北京市大兴区	35℃	26℃	多云转雷阵雨	东南风2级	75（良）

今日，我们进行了20公里的骑行，起点为河北省廊坊市永清县，途经固安县，最终抵达北京市大兴区。恪恪的舅舅驾驶一辆长城皮卡车，在大兴区石佛寺村道旁静候我们的到来。

正如恪恪所言："区区20公里，转瞬即至！"我们于早上8点左右启程，9点30分便抵达目的地，随即乘坐皮卡车，向房山区进发。

尽管这20公里的路程并不漫长，但沿途的路面状况却颇为崎岖。我们几乎难以置信，这竟是通往北京的道路。或许导航系统仅提供了最近的骑行路线，因此未考虑路面的不平整。恪恪最终不得不下车推行。

路面之所以泥泞不堪，一方面是因为这并非通往北京的主要道路，而是一条僻静的小径；另一方面，大兴机场的建设正在进行。

上午9点30分，当我们登上恪恪舅舅特意借来的皮卡车时，就意味着我们2019年暑期的骑行活动的圆满结束。所有的收获与感慨，都难以用言语表达。实际上，我们不应期望一次活动或一件事情能立即带来显著的变化。特别是对于我们这对不善于表达的父子来说，要描述所获得的收获确实不易。随着时间的推移，我们或许会有更深刻的感受和领悟。

"中国好舅舅"对这位刚满十二岁的小外甥确实关怀备至。恰恰舅舅逢人便说："这是我的小外甥，就是那个骑车来北京的小伙子！"甚至在我们还在骑行途中，舅舅便已经向周围的人传达了这个消息。

舅舅为恰恰准备了各种美食：烤鱼、烧肉、烤鸭……这些都是恰恰极为喜爱的。看来，恰恰这一路的骑行，加上舅舅的盛情款待，让他从内到外都得到了充分的享受。

后续：7月30日我们返回上海后，舅舅通过微信转账给妈妈，并嘱咐要为恰恰购置一辆更优质的自行车。前几天，恰恰终于选购了自己心仪的自行车。

骑行虽然结束，但我们仍然热衷于讨论骑行的话题：明年是否继续骑行，以及骑行的目的地……当然，也有许多人提出了更多更好的建议，例如结合项目式学习进行骑行。

实际上，我们父子俩当初骑行的初衷非常简单：妈妈让恰恰养成了阅读的习惯，而我也想为恰恰的成长做些什么，于是选择了带他去骑行。去年的想法也很简单，就是让恰恰去认识课本上的名人，因此选择了南下参观23个纪念馆。今年的想法则是去年南下，今年北上，于是选择了北京。恰恰的舅舅在北京工作，单向骑行至北京，自行车也有存放之处。

借用刘禹锡的诗句"千淘万漉虽辛苦,吹尽狂沙始到金"作为我们今年骑行的结语。或许骑行并未立即给我们带来翻天覆地的变化,但其更深层的意义在于我们亲身实践了"功在不舍"的道理。

今日所获:我们终于抵达了北京。恪恪心中充满了喜悦与自豪,我也如释重负。舅舅带着恪恪多次参与饭局,在这些场合中,恪恪的骑行经历自然成为讨论的焦点。他们的赞誉与鼓励,使恪恪深刻感受到了坚持的力量。尽管今年的骑行任务已经完成,恪恪深知这只是人生众多挑战之一,未来还有许多未知等待他去探索。这份快乐与认同将成为他继续前行的动力。

2019 年暑期骑行跨越区域一览表

省 份	地级市	区 县	
上海市	—	闵行区、长宁区、普陀区、宝山区、嘉定区	5
江苏省	苏州市	太仓市	1
	南通市	海门市（现已改为海门区）、崇川区、如皋市、海安市	4
	盐城市	东台市、大丰区、亭湖区、建湖县、阜宁县	5
	淮安市	涟水县	1
	连云港市	灌南县、灌云县、海州区、赣榆区	4
山东省	日照市	岚山区、东港区	2
	青岛市	黄岛区	1
	潍坊市	诸城市、安丘市、昌乐县、坊子区、潍城区、寿光市	6
	东营市	广饶县	1
	滨州市	博兴县、滨城区、沾化区、阳信县、无棣县	5
	德州市	庆云县	1
河北省	沧州市	盐山县、孟村回族自治县、沧县、新华区、青县	5
	廊坊市	文安县、霸州市、永清县	3
天津市	—	静海区	1
北京市	—	大兴区、房山区	2

2019 年暑期骑行路程表

日　　期	当日骑行终点	路程（公里）
2019 年 7 月 15 日	南通市　海门市（现已改为海门区）　汉庭酒店（海门解放中路店）	110
2019 年 7 月 16 日	南通市　崇川区　汉庭酒店（体育会展中心店）	55
2019 年 7 月 17 日	盐城市　东台市　今生缘酒店	115
2019 年 7 月 18 日	盐城市　亭湖区　福泽缘大酒店	105
2019 年 7 月 19 日	连云港　灌南县　OYO 港湾酒店（将军门人民东路店）	110
2019 年 7 月 20 日	连云港　赣榆区　汉庭酒店（时代广场店）	100
2019 年 7 月 21 日	日照市　岚山区　盛宾大酒店	40
2019 年 7 月 22 日	潍坊市　诸城市　沃德酒店（诸城利群店）	115
2019 年 7 月 23 日	潍坊市　潍城区　汉庭酒店（潍坊火车站店）	90
2019 年 7 月 24 日	滨州市　博兴县　汉庭酒店（博兴汽车站店）	105
2019 年 7 月 25 日	德州市　庆云县　汉庭酒店（庆云汽车站店）	110
2019 年 7 月 26 日	沧州市　青县　汉庭酒店（青县店）	110
2019 年 7 月 27 日	廊坊市　永清县　汉庭酒店（永清店）	105
2019 年 7 月 28 日	北京市　大兴区　石佛寺村	21
7 月 30 日高铁回沪		1 291

2019 年暑期骑行参观名人故居一览表

行政区划	地　址	地　　点
南通市海门市 （现已改为海门区）	常乐镇状元街东首	张謇纪念馆
盐城市大丰区	白驹镇	水浒文化园　施耐庵纪念馆
连云港市海州区	板浦镇东大街 7 号	李汝珍纪念馆
滨州市滨城区	滨北街道南街	杜受田故居

2020 年篇：只身骑行申城

在这个宁静的夜晚，我静坐于书桌之前，心绪飘向了未来的蓝图。我心中孕育着一个计划，它关乎骑行与自驾的旅程。待我们的骑行达到既定阶段，我有意再次携家人自驾，重访曾经骑行的路径。这将是一次怀旧之旅，一次游历山水的良机，让我们以不同的方式重新体验那些风景与记忆。

骑行，乃是一种目标导向的旅程，而游玩不过是旅程中的附加享受。若仅以游玩为目的，自驾无疑会是更为轻松愉悦的选择。然而，在骑行的道路上，我们设定目标，无论遭遇何种挑战与困难，目标始终坚定不移。正如古人所言，"驽马十驾，功在不舍"，每日的小目标，随时间的推移，终将汇聚成为实现我们宏伟目标的力量。

我与儿子的骑行之旅，不仅旨在锻炼体魄，更在于与他建立更深层次的联系。在骑行的途中，我们分享故事，共同经历挑战，增进情感。这些珍贵的经历将成为我们之间不可磨灭的记忆，使我们的关系更加牢固。

今日，我通过微信与妻子交流，了解儿子的最新情况。在对话中，我察觉到妻子的无奈与面对的挑战。她向我透露，在我不在家中时，她成了儿子发泄情绪的对象。尽管她试图与他沟通，却总是遭到他的反驳和各种借口。

妻子感叹道："我连说他一句都不行。"我惊讶地询问："他反驳你吗？"她无奈地回应："是的，总是找各种理由。"我感到一丝愧疚，因为我常常因工作原因不在家，妻子承担了更多的责任与压力。

妻子继续说："他似乎觉得我管不住他，一说就是，我爸让我怎样怎样。"我意识到，儿子可能确实需要我在他身边，需要我的指导与支持。我必须寻找更有效的方法，与儿子沟通，引导他的成长。

妻子说："唉，我实在是管不了他了，只有你能行。"我感受到了责任的重量，也感受到了挑战的严峻。我深知，我必须更加努力，不仅要在骑行中引导儿子，也要在家中履行好父亲的职责。

今天的日记，让我更加深刻地认识到，无论是骑行还是日常生活，我们都需要目标与坚持。我期待着与儿子的下一次骑行，期待着与他建立更深层次的联系。同时，我也在深思如何更好地支持妻子，如何更有效地引导儿子。

我与恪恪于 2019 年 11 月开始筹备今年的骑行计划。

我们计划过，沿着 2018 年的线路，继续向南行进，直至抵达港澳地区。

我们对可能遇到的线路问题进行了预判，例如如何规避 2018 年遭遇的台风问题。我们利用高德地图和百度地图对每一段线路进行了细致的分析，包括自行车是否能够过桥、是否需要摆渡、每日行程是否能够确保有住宿的地方等问题。

我们也考虑了换个方向，向西骑行，目标是到达西安。

然而，我们未曾预料到，今年的骑行计划被不可抗力中断了。

今日，我意欲记录下恪恪的一段特殊经历——他独自在上海骑行的一日。因特殊背景之下的影响，我们全家不得不长时间共处一室，彼此间已略显厌倦。在确保安全的前提下，独自骑行成为一个不错的选择，既能够锻炼身体，又能够让心情得到放松。"久在樊笼里，复得返自然"的感觉对恪恪来说异常珍贵。

今年夏季，恪恪在家中的压抑感日益强烈。我们全家都支持他外出骑行，以释放长期积压的情绪。我对此表示全力支持。今日，他决定从莘庄出发，骑行至"美罗城"，随后返回家中。这是一次大约 50 公里的骑行，预计耗时 4 小时。

清晨，恪恪便满怀激动地准备好了骑行装备。他仔细检查了自行车的轮胎、刹车和链条，确保一切运作正常。我们全家都为他加油鼓劲，并提醒他注意安全。他信心满满地开始了他的旅程。

恪恪从莘庄出发，沿着熟悉的道路骑行。阳光透过树叶的缝隙，斑驳地洒在路面上，为他的骑行之旅增添了一份诗意。他穿过了繁忙的街道，经过了静谧的公园，感受着这座城市的脉动。

经过大约2小时的骑行，恪恪终于抵达了美罗城。他在那里稍作休息，欣赏了这座现代化建筑的美景。他用手机拍摄了照片，记录下了这次骑行的足迹。

休息过后，恪恪开始了他的返程。尽管身体略感疲惫，但心情却异常愉悦。他沿着原路返回，再次穿过了那些熟悉的街道和公园。回到家中时，他面带笑容，显得非常满足。

晚上，恪恪回到家中后，他表达了意犹未尽的感觉。他说："50公里的骑行，仅用4小时就结束了，感觉时间过得太快了。"他表达了对这次骑行的热爱以及对更多挑战的渴望。

今日，恪恪的骑行之旅不仅锻炼了他的身体，也丰盈了他的心境。我相信，这段经历将成为他成长历程中的一段宝贵记忆。同时，我也为他的勇敢和独立感到自豪。

2021 年篇：探行丘陵道

在2021年的暑假期间，我们两人再次启程进行了一次长途骑行，从上海出发，最终抵达位于江西省南昌市的爷爷家中。整个旅程持续了七天，总行程约为775公里，穿越了浙江省和江西省的众多城市与区县。在旅途中，我们经历了天气的多变、地形的起伏以及身体的疲惫，也遭遇了一些意外情况和挑战，但我们都一一克服，最终顺利完成了本年度的长途骑行之旅。

7月5日，我们第一天骑行了86公里，主要穿越了上海市区及其周边地区。暴雨突至打乱计划，实际完成的距离少于预期，这导致了后续行程的重新规划。

7月6日，我们骑行了118公里。途中，由于恰恰对南湖革命纪念馆的向往，我们出现了意见分歧，最终我选择了妥协。

7月7日，骑行了138公里，这是行程中最艰难的一天，累计爬升了1 586米的坡度。恰恰的自行车频繁出现掉链的情况，我们不得不多次进行链条的调整和修理。

7月8日，骑行了124公里。途中，恰恰的自行车在淳安县出现了故障，我们便前往当地的车行对自行车进行了检修。

7月9日，我们从开化县出发，途经德兴市和婺源县，最终抵达乐平市，当天骑行了125公里。我们体验了当地的流动早餐。

7月10日，我们骑行了138公里，昌万公路沿途平坦，鄱阳湖平原地势平缓，使得骑行过程相对轻松。

7月11日，我们骑行了46公里，最终抵达了爷爷家。这次令人难忘的骑行之旅就此画上了句号。

第1天：重温线路遇暴雨　计划重调谋他图

地　区	最高温	最低温	天　气	风力风向	空气质量指数
上海市闵行区	35℃	26℃	阴	南风2级	51（良）
嘉兴市秀洲区	35℃	26℃	阴转小雨	东南风2级	48（优）

　　我与恰恰正式启程，展开了今年的暑期骑行之旅。因多种因素的影响，骑行路线迟迟未能确定。年初时，我们计划前往广州和深圳，并顺道游览香港和澳门。然而，受疫情的影响，前往广深的计划不得不搁置。随后，我们决定骑行至井冈山，以此向中国共产党成立100周年致敬。但考虑到路程长达1 000多公里，需要较长时间，加之恰恰即将面临初三的关键时期，我们在理想与现实之间做出了妥协，最终决定仅骑行至南昌的爷爷家。

　　我们从上海市闵行区出发，途经松江区、青浦区、金山区、嘉兴市嘉善县。遭遇暴雨后，我们不得不在嘉兴市秀洲区停下脚步。今日的骑行里程为86公里。

　　今年的骑行与往年有所不同。一切行动都依赖于我们父子俩的自觉性。不同于以往，恰恰母亲的催促不再存在，今年我们依靠彼此的牵制与支持，开始了骑行。起初的骑行路程中，我们满是顾虑。一会儿担心家中的门窗是否关好，一会儿又担心家里的充电器是否断电……可谓是"万事开头难"。随着骑行的深入，这些顾虑逐渐消散。我们发现，许多问题都是阶段性的，随着事情的发展，它们不再是问题。我们最大的感受是，没有了恪恪母亲的唠叨与嘱咐，没有人帮我们解决后顾之忧，总是感到心神不宁。或许，我们并不愿意开始今年的骑行。恪恪母亲甚至不知道我们何时开始的，因为她带着加加妹妹在老家玩得不亦乐乎。

这些顾虑不断提醒我们，今年的骑行将会有所不同。或许是疫情的影响，或许是缺少了恪恪母亲的帮助，又或许是其他未知的因素，我们总觉得有些事情不对劲。

首日的骑行重温了2018年的路线。一路上，我们父子俩回忆起那年在此地发生的事情，以及当时的心情……那年我们在松蒸公路旁的村间小店购买了两瓶水，边休息边观察农田。阳光充足、雨水充沛、营养丰富，稻苗自然茁壮成长。"幼苗不愁长"，不知不觉间，那些小苗已经长成了青葱少年。记得2018年恪恪在嘉善摔跤时的那份委屈感；2019年在诸城摔倒流血时的那份懊恼；而今，恪恪已成长，有了男子汉的担当。

骑行至嘉善县城时，我们在十字路口见到两位年轻的女骑手在树荫下休息。虽然我们素不相识，未来也许不会再相见，但相遇本身就是一种深深的支持，一种暖暖的共鸣。骑行的路上，我们并不孤单。这几次骑行中，我们总能遇到不爱红装爱骑装的女骑手，也能见到独自闯荡天涯的独行侠。在骑行的道路上，我们不追求速度的极限，只追求持续不懈的努力；我们不追求自我极限的挑战，只追求自我满足的喜悦；我们不追求遥远的距离，只追求持续努力的耐力。人生的长路需要放慢节奏、深情投入、全心全意。

下午2点，我们父子俩再次入住2018年骑行时曾住宿的汉庭酒店（外环东路店），开了一个钟点房稍作休息。这个决定是我未经与恪恪商量而自行做出的。不过恪恪也很高兴，终于可以躺在宾馆里享受空调，玩手机。我们计划在阳光不再那么炽烈时继续旅程。因为这次在宾馆的休息，导致我们首日的骑行计划被打乱。按照恪恪最初的计划，今天应该骑行140公里，但实际上我们只完成了60多公里。现在已经下午5点了，显然我们无法到达原定的目的地。我们虽然继续前行，但原定目的地似乎遥不可及，新的目的地尚未确定，因此我们骑行时显得漫不经心，投入也不如以往那样全力以赴。首日骑行我们没有设定太强的目标，于是边欣赏街景边回忆曾光顾过的街边早餐店。

不知不觉中，时间已近傍晚，天气依旧闷热。我们骑行得更加懒散，完全没有了赶路的心态。或许上天洞察了我们的心思，于是安排了一场及时的暴雨。但后来发现这场雨并没有停歇的意思，于是，我在避雨时，于5点30分在网上预订了一家宾馆。待雨势稍缓后，我们便直奔宾馆。

这个宾馆的硬件设施整体感觉尚可，服务勉强令人满意，尽管更换了房间，但仍然能闻到浓烈的烟味。我们也只能调整了自己的心态，安心休息。

　　今日感悟：骑行需要有明确的目标，既要有总体目标，也要有阶段性的目标。然而，究竟需要怎样的具体目标呢？实际上我们并不十分确定。我们知道不能像现在这样毫无目标，需要一个相对明确的短期目标，以及一个合理且现实的总体目标。总体目标是向西南方向骑行至爷爷家，但仅有总体目标是不够的，还需要阶段性的目标来确保实现。原计划的今日目标设置并不合理，缺乏循序渐进的过程。

　　今日骑行仅完成了80多公里。接下来我们需要重新规划我们的骑行计划。目的地仍然是爷爷家，时间仍为一周。我们需要调整的是每日的骑行目标，并考虑到天气等因素的影响。雨，似乎总是伴随着我们的骑行。无法躲避，也无法逃避，唯有勇敢面对。

第 2 天：无暇美景赶艰程　不畏酷暑求梦成

地　区	最高温	最低温	天　气	风力风向	空气质量指数
嘉兴市秀洲区	34℃	26℃	多云转晴	东南风3级	26（优）
杭州市西湖区	36℃	26℃	多云转晴	南风2级	27（优）

　　我们自嘉兴市秀洲区启程，途经南湖区、桐乡市、海宁市，杭州市余杭区、拱墅区、上城区，最终抵达杭州市西湖区。今日骑行总距离为118公里。

　　今日的路线主要沿320国道和101省道展开。

　　清晨6点起身，6点30分开始骑行。然而，我们之间出现了分歧。我急于赶路，恪恪则可能在考虑履行承诺。或许他昨晚向同学承诺了要去南湖革命纪念馆拍照，就像2019年骑行至北京时向同学们夸耀的那样。又或许，他纯粹是想去嘉兴市烟雨路186号的南湖革命纪念馆。尽管我在前方骑行，恪恪却显得不那么顺从。最终，我选择了妥协，让恪恪领路，我紧随其后。因为对地理位置不够熟悉，加之南湖风景名胜区路线复杂，我们多次被长长的台阶所阻。最终重新定位并使用新的关键词，才到达了恪恪向往的目的地。恪恪虽愿意拍照、摄像，却始终不愿出镜。

　　经过一番周折后，我们大约在7点30分从南湖革命纪念馆出发，开始了今日的正式骑行。

然而，骑行不久，我们的肚子开始发出饥饿的信号，于是在城南路上的一家快餐店解决了早餐。

昨夜大雨过后，早晨的空气依然清新。离开快餐店，一阵顺风拂过，我们感受到了风力的助力。但当从大厦广场来到马路上时，我们意识到将要逆风骑行。骑行路上总是充满意料之外的挑战。路口的风速大约五六级，但目标在前方，我们仍旧继续前行。

实际上，骑行不到2小时，我们便抵达了桐乡市。桐乡，一个以梧桐树闻名的地方，凤栖梧桐，确实是一个美丽的名字。还有许多动听的街镇名称：乌镇、濮院镇、梧桐街道、凤鸣街道，以及2018年我俩特意参观过的丰子恺纪念馆所在的石门镇。

大约上午10点，我们在桐乡市梧桐街道振兴中路上的一家街边超市进行了补给。

我们沿着320国道继续南行。大约中午12点，我们骑行至海宁市大麻镇许村，在附近找到了一家路边小餐馆进行调整。恰恰为我们每人点了一碗牛肉拉面作为午餐，并点了饮料以降温补水。我们这样点餐仅花费了38元。与邻桌相比，我们的消费显得较为简朴。邻桌可能是往来南北的纺织生意商客，点了不少丰盛的菜肴。最吸引我们注意的是一大壶散装白酒。他们四人用大碗畅饮，大快朵颐。

下午1点，我们再次踏上320国道继续南下。气温高达

35℃，天气闷热，而这段国道坑洼不平，使得我们的骑行更加艰难。有时我们会遇到道路维修，有时会遇到交通堵塞，因此我们骑行时变得更加谨慎，速度自然也慢了下来。在这样的节奏下，进入杭州，道路变得平整许多，骑行起来也轻松许多，速度也随之提升。

下午2点30分，尽管只骑行了一个半小时，我们还是在杭州市临平区的莱蒙快餐店稍作休息。今天似乎特别钟情于快餐店，早餐和下午茶都在此解决。简单休整后，我们在3点左右继续沿着藕花洲大街南下。此时，我们尚未确定目的地，因为想多赶一些路程，弥补昨日未完成的部分。下午的阳光依然炽烈，我们并未停下前进的步伐。

下午5点40分左右，骑行了两个半小时后，我们看到了秋石路与太平门直街路口的饭木头小餐馆，于是决定在此吃晚饭补充能量。餐馆虽小却精致整洁，老板热情好客。老板见我们是骑行客，给予了我们许多方便，并在空闲时与我们交谈起来。今天天气炎热，消耗很大，按理说应该认真用餐，但我们却成了名副其实的喝汤人，每人喝了两大碗的排骨萝卜汤。

晚上6点，我们继续沿着秋石路向南行进。此时正值下班高峰，为了安全，我们并未加快速度。但天气较为凉爽，我们尚未确定住宿的宾馆，打算骑过西湖后再寻找，相信在杭州不难找到住宿的地方。

继续沿着之江路前行，无暇欣赏沿途的美景，只是匆匆赶路。之江路沿钱塘江而建，对面是滨江区，我们正位于名闻遐迩的西湖所在的西湖区。当行至钱塘江大桥时，忍不住停下脚步，开始我们骑行过程中为数不多的拍照留念。华灯初上之时，少了行色匆匆，多了温馨宁静，景色显得更加宜人。

恪恪不由自主地感叹道：感觉杭州的发展将超越上海。确实，正如恪恪所感叹的，杭州作为准一线城市，在某些方面已经居于全国领先地位。

大约晚上7点30分，我们开始办理入住手续，结束了这一天的行程。

然而，一路上，恪恪的自行车频繁掉链，而我则不断收拾掉落的链条。

今日感悟：我俩长途骑行，穿越了无数的城镇和乡村，体验了每个地方所独有的风情和气息。我们感受到了眼前的城市繁华，生活便捷；同时我们深入地感受到了乡村的自然风光，那是一种完全不同的生活节奏和宁静美好。我们骑行在穿梭于城市与乡村的旅程中，两种截然不同的景致交织在一起，犹如一幅生动的画卷。其实我们生命的充盈来源于多元生活的体验与感悟。

第3天：山路爬坡现原形　"冲突"不忘继前行

地 区	最高温	最低温	天 气	风力风向	空气质量指数
杭州市西湖区	36℃	27℃	阴转晴	西南风2级	29（优）
杭州市淳安县	34℃	26℃	阴转小雨	西南风2级	21（优）

　　我们从杭州市西湖区出发，经过了富阳区、桐庐县，到达了淳安县。今日骑行路程为138公里。现在回想起来，这也是最为艰苦的路程。我们晚上投宿于汉庭酒店（千岛湖广场店）。今日累计爬升1 586米，累计爬坡6.84公里，累计下坡6.43公里。

　　早上8点30分，我们在富阳城区"85度C"店里吃了早餐。我对恪恪的不满，显现得越来越明显。趁着吃早饭之时，我去街对面的世纪联华购买一些路上需要补充的水，而恪恪只顾埋头玩着手机，刷视频，全然不顾我们的行囊，或许他只是在乎他在骑行过程之中有没有玩手机，也不在乎这次骑行对他有什么成长。我对恪恪的表现多次隐忍，不过这次没有忍住。

　　9点，我们正式启动上午的骑行。上午骑行在富阳老城区的街道上，估计是人行道改成非机动车道，路面是有地面砖铺成的，骑起来有些颠簸。两瓶纯净水在车前筐里有节奏地蹦蹦跳跳着，就像恰恰总在跟我对着来似的。

10点，杭州富阳富春街道方家井村，我俩在杭州绕城高速底下休息。我深深地感受爬坡的威力，体力明显不足了。此时我内心总有一种打道回府的想法，而恰恰始终是一种慢悠悠的节奏，跟我那种焦躁不安的想法形成鲜明的对比。我开始向妈妈投诉恰恰的种种"罪行"。此时身在远方的妈妈，通过视频电话，使出浑身解数化解我俩的"冲突"。我俩一边不停跟妈妈诉说着对方的各种不是，一边在桥底下畅快地喝着各种饮料和水，也观察路上呼啸而过的汽车、赶路的行人、锄禾日当午的农民……在妈妈的斡旋下，我俩不再那么势不两立，虽不知远方还有多少"难"，多少"妖"和"怪"，但还是选择继续前行。

路不崎岖，道不陡峭，可行路消耗了我们所有的能量，耗费了几乎所有的精力，以至于我俩无暇留恋于路上的风景就忽至晌午。

我俩沿着305省道，还在富阳区骑行着。下午1点15分，在平畈村，我俩没发现餐馆，只能选择便利店休息，在店里买了一些吃的和喝的。这既是休息时间，也是午餐时间。此时，我身体不适，没有食欲，于是就靠着椅子上休息了。恰恰见状，便嘘寒问暖地关照着我，递水送茶地照顾着，我见此状，嘴上说"没事！""你自己好好吃着、歇着……""我们2点左右出发"，但内心暗自高兴。

经过短暂的休息，我身体感觉恢复了不少。前面的不适可能是骑行爬坡太过劳累，天气太闷热所致。2点准时出发，骑行没多久，我俩就进入了桐庐县。此时天空乌云密布，大雨似乎随时要来临。我们在路旁的世纪华联超市（普阳店）购买了14元的饮用水。我感觉饥饿，于是又买了点吃的喝的。天气一直阴沉着脸，可我们总觉得雨还有会儿再下，于是我们继续前行。大约2点30分，刚出毕浦隧道，大雨瓢泼而下，于是我们就在路边的桐庐K202路公交车站（油车边）避雨。

大雨过后，道路湿而不滑，天气格外凉爽，空气清新宜人，我们骑得轻松，心情愉悦。这是骑行中最为惬意的一段路程。这段路程不长，但是记忆甚是美好。

下午3点15分，我们已经来到了桐庐县分水镇。我一直以为这是一座老县城，经过一番查阅后，原来这里是浙西老县城、桐庐副中心。我们穿行而过，确实体味到了老城的味道。

告别了分水镇，我们再次体会到骑行爬坡的"乐趣"。这段路程既有痛苦的濒临能量衰竭之感，又有极速的巅峰体验之觉。爬坡消耗殆尽当下所有能量，下坡不费吹灰之力的风驰电掣。

下午5点，我们已经来到百江镇东辉村赵岭，距离我们的目的地需要继续朝前进40公里。

晚上6点左右，我们骑行至千岛湖高铁站。接下来，我们一直在环岛绿道上骑行，用骑行速度去饱览日落余晖之下的千岛湖。

7点左右，我在网上订了淳安县城的宾馆，没有选择路旁的民宿。这样，我们就可以继续往前赶路。此时，人头攒动，熙熙攘攘，好不热闹，往来皆游客，唯有我们是赶路人。

　　7点30分，我们选择在淳安县城的中式快餐桂花店，吃了晚饭。现在想想也是恪恪累了吧！他只顾着给自己点餐，没有顾及因整理自行车装备而晚来就餐的我，于是我就批评了他"眼里只有自己，没有别人"。恪恪深感委屈而表现出一百个不服气。

　　饭后，我们骑行至宾馆休息。

　　今天骑行一路，我俩之间的冲突接连不断。在我眼里，恪恪依旧我行我素。估计我在他眼里，则如老古董般顽固不化。

　　今日感悟：在人生的旅途中，冲突与理解往往是我们无法回避的两个方面。它们如同旅途中的风景，有时让人感到困扰，有时又让人获得深刻的领悟。每一次的冲突，都像是骑行中遇到的崎岖山路，考验着我们的耐心和智慧。然而，正是这些冲突，让我们有机会去学习如何与对方沟通，如何在分歧中寻找共同点。而在长途骑行中，每次冲突的出现，最终都是由那位始终陪伴我们骑行的恪恪妈妈来从中斡旋调停。在她的帮助下，我们不仅解决了旅途中的矛盾，还继续并最终完成了那一年的长途骑行。这段经历，无疑成为人生中宝贵的财富，让我们更加珍惜彼此，也更加坚强地面对未来的挑战。

第 4 天：山路夜行末路穷　挑灯骑行花终明

地　　区	最高温	最低温	天　　气	风力风向	空气质量指数
杭州市淳安县	35℃	25℃	阴转小雨	西南风2级	20（优）
衢州市开化县	34℃	24℃	阴转小雨	西南风2级	24（优）

我们从杭州市淳安县出发，到达衢州市开化县。今日骑行路程为124公里。我们晚上投宿于池淮镇皇岸大酒店。这个地是池淮镇，这个村叫皇岸村，这家店取名大酒店。今日累计爬升1 586米，累计爬坡6.75千米，累计下坡6.57千米。

前两天，恪恪的自行车开始偶尔出现掉链子的情况，而到了昨天，这一问题变得愈发频繁。说实话，我一开始以为是恪恪不够爱惜，经过昨天的一天换骑后，我发现车子掉链子不是骑行者的问题，而是自行车出了问题。设身处地换角度去体验，是解决冲突的好办法，尤其是亲子冲突。

我们一早匆匆起床后，就在淳安县城找了一家修车行对恪恪的自行车进行检修。这辆自行车是2019年北上骑行结束后，舅舅给恪恪重新买的一辆自行车。不知不觉这辆自行车日晒雨淋也2年了。这段时间里，这辆自行车给予恪恪很多方便，骑车上学、去游泳、学羽毛球等。最后，修车师傅为这辆自行车更换了一副链条，安装了手机架，我们又购买了一副大号的骑行手套。

在修车过程中，恰恰骑着另一辆车去购买早餐。我闲来无事，便与修车店的老板闲聊起来，从中得知可来此店租车环千岛湖骑行。等恰恰回来，我们就在车行里简简单单地吃过早餐。

大约早上9点，我们开始了今日的骑行旅程。

我们一路沿着环湖绿道骑行，可谓流连忘返。安全：机动车与非机动车车道分离的；绿色：繁花似锦、郁郁葱葱；美景：湖光山色、波光粼粼。当时我俩就想着，虽然这是我们在此地的首次骑行，但我们坚信还会有第二次、第三次⋯⋯

中午12点，我们只剩下了约100毫升的水。况且前路漫漫不见店，剩余的这点水还是我们相互宽慰之时留下的救命之水。千岛湖虽有泱泱之水，可不适合即刻饮用，当然我们还没有到痛饮千岛湖之水的地步。特别幸运的是，在环湖绿道的对面，有位农妇正叫卖着西瓜。我们不管也不问的买了一个大西瓜，随即迫不及待地吃了起来。我们俩采用了洗脸式的吃法，两三下就将西瓜啃了个精光。直到这时，我们俩才想起来应该拍个照纪念一下。

下午1点30分，我们到达大墅镇，就近找了一家农家乐吃饭。饭店处于打烊状态，在恰恰前往询问后，老板娘开始招呼伙计生火开灶。我俩要一菜一汤后问："两人够吃吗？"老板娘没有回答，我补了一句："不够，再加！"等菜才上来，我俩就傻眼了，菜是一盘菜，汤却是一锅汤。我顿时就明白老板娘为啥不作声回答我的问话。于是乎我俩就开启狂吃模式，最终还是没有吃完。当然这次花费远远超出我们的预计。看来接下来我俩需要省点花。下午2点40分，我们俩继续前行。

4点40分，我们骑行至淳开线汾口镇。我只顾前行，恪恪忙自己的，我俩都没有注意到对方早已不在视野里。险些我们就把对方给弄丢了。如果不是恪恪发来信息，我可能确实会把儿子弄丢了。假如他没有带着电话的话，我真心不知道接下来会发生什么事情。

晚上6点15分，我们在205国道旁的中石化便捷店购买了一些小蛋糕和饮品。坐在路边便吃起来了。我俩休息一刻钟后，就继续上路。当前位置距离我们预想的目标还有25公里。

昨天晚上7点，我们穿行于县城之中；今日晚上7点，我们穿行于阡陌乡间。灯火通明，骑行不误；黑灯瞎火，步履维艰。

在晚上8点10分，我们终于赶到了事先预计的住宿地。因为没有提前预订，房主早就关门歇业了。他的邻居使尽浑身解数终于敲开了宾馆的大门。我们简单地办了入住，房主就匆匆地将卷帘门锁上了。其实我俩还没有吃晚饭，但也只能无奈地洗洗睡了。尽管遭遇了这样的小插曲，但我们发现房间卫生整洁，房主爽快，而且价格也很公道，只要80元，这大大地节省了我俩的骑行开支。

透过窗帘，我们感知到雷电大作，暴风骤雨来了，宾馆停电了。虽在丘陵地区，在这大夏天的晚上没有空调还是难以入眠的。我们正在琢磨去叫房主想办法解决没电的困境时，估计房主也被这窘境惊醒了。经过房主的一番排查，发现只是线路跳闸了。

这一天最为艰辛的就是在夜路骑行。主要考虑到安全因素，我们俩都不主张骑夜路。这一次夜路骑行可能是由于安排不够合理，对于山路预计不足。车灯数量不够，亮度也不够，于是用上了手机的手电筒。我俩骑行了大约20公里的完全黑暗的乡道。身边蛙声成片，从远处传来三两声狗吠，远处的灯光微闪。眼前只有微光之下三五米的骑行道路，远处只有黑乎乎一片。偶尔过来一辆车，我总是不停地对后面的恪恪大声说："慢点！有车！靠边！……"道路狭窄，车辆似乎并未放慢速度，这使得我们俩骑得特别谨慎。即便在没有车辆经过的时候，我也时刻担心着我们稍不注意就会骑到旁边水田、水坑里。同时，我的脑海中不时浮现出我少年时，如恪恪这般年纪的暑期记忆。那时，每年暑假，我几乎每天都跟着老爸步履蹒跚地从"双抢"（抢收、抢种）的农田中踏上归家的路途，衣服已经不知被汗水浸湿多少次，脸上则满是汗水与尘土……这就是我年少时每个暑期的常态。现在我身后的少年，也在体验着我少年时期的生活。我和他之间的相似之处在于，都只需跟着前面的父亲前行，担忧、牵挂等都由前方的父亲承担。其实我们俩，或者说我对于骑行的执念，来源于我的父亲。纵有千万闲言碎语，我依然行我所能行。或许这就是代际相承。

今天对我来说，最大的困难在于屁股上磨出了大水泡。各种坐姿都如坐针毡，还要卖力前行。

　　今日感悟：在骑行的过程中，我们有幸品尝到了来自不同地区的多种美食佳肴。其中包括杭州市城区特色小店的排骨萝卜汤，这道汤品以其独特的风味和鲜美的口感，让人回味无穷。我们还尝试了淳安新鲜可口的西瓜，那清甜多汁的滋味，仿佛能瞬间驱散旅途中的疲惫。在乐平市，我们品尝了当地非常有名的炒面，其独特的烹饪手法和丰富的配料，使得这道炒面不仅味道美妙，而且也让人感受到了乐平市的饮食文化。此外还有开化流动早餐的肉包子也让我俩回味无穷。通过这些美食的体验，我们不仅满足了对美食的渴望，也更深刻地感受到了每个地方独有的文化氛围和生活方式。

第 5 天：千算万算路还崎　左顾右盼景尤旎

地　区	最高温	最低温	天　气	风力风向	空气质量指数
衢州市开化县	28℃	24℃	阴转小雨	东北风1级	15（优）
景德镇市乐平市	33℃	26℃	阴转阵雨	东南风2级	28（优）

　　我们从衢州市开化县出发，经过了上饶市德兴市、婺源县，到达景德镇市乐平市。今日骑行路程为 125 公里。我们晚上投宿于海纳百川休闲酒店。

　　昨晚没有 Wi-Fi，我们洗漱后就睡了。而且宾馆格外安静，我们都睡得很香。今天，我们俩很早就起来开始打点行装，并在旁边超市买了两瓶水，就出发了。

　　天气阴蒙蒙的，空气潮湿，沉闷。我们担心今早开化境内会下雨，于是没吃早饭就骑车上路，想着趁下雨之前进入江西省境内。

　　在开化县内，我俩还是沿着山路爬坡下坡。不过"开化"这个名字，很有意思。作为老父亲，我期望借助这次骑行，经过此地后，� 恪恪能接受点拨，受到启发，在接下来一年时间里在学习和生活中能够突飞猛进。

　　今天的早餐既不在餐馆里，也不在路边小店里，而是在当地很有特色的流动早餐车。我俩站立在县道星下线张家湾三桥路边吃早餐。起初，这车经过我们身旁，我俩只认为这是一辆轿车，只不过用方言叫卖着什么东西。见有人从车上买了油饼、包子之后，我俩才明白了这辆车在叫卖的什么东西。

早上7点30分，我俩也吃上了这顿特殊意义的早餐。同时也跟车主简单聊了几句。我俩还在接下来骑行路上碰到这辆早餐车好几次。早餐车的老板还不停地用喇叭给我打招呼。

恪恪不小心掉了一个小包子，可惜得要命，甚至都有想捡起来再吃的冲动。我们吃早餐的时候，还遇到一位老大爷，不停地询问我们。我跟老大爷边吃边聊，老大爷不停地告诉我：再往前骑行不远就能进入江西界内，而此时恪恪埋头吃着心爱的早餐。

骑行中的早餐只追求方便为原则，不刻意的入乡随俗。这是另一种体验生活的好方式，也能治一治恪恪挑挑拣拣的坏习惯。既有精致营养的早餐，也有只是充饥的早餐。

在我们向往一路繁花的荣耀时刻，别忘却化泥落花的悄然无声。其实这些年来骑行路上，有很多赶路者、讨生计的人、骑者、行者……向往着繁花，默默地坚守着、守护着……

在今日骑行的路上，我们几乎没有看到本地人骑自行车的。或许是因山路过于陡峭，骑电瓶车更为便捷省力。

进入江西省后，道路两旁的农田逐渐多了起来，忙农活的人也多了起来。由丘陵地区进入鄱阳湖平原后，此时正是农忙时节。每年小暑至立秋，都是我少年时期难以磨灭的记忆。白天没有做作业的时间，只有挥汗如雨地忙农活。

中午12点左右，我俩就在路边餐厅就地休息。原本想吃江西炒粉的，估计米粉在江西是硬通货，早就已经卖完了，于是恪恪只要了一碗炒面。不过我俩吃得心满意足，价格还经济实惠。结账的时候，我们总觉得是老板少算了钱，恪恪还主动要求店主再核算一下。

这是一家夫妻店，一家四口都在店，外加一位老奶奶在店里择菜洗菜。女主人掌勺，男主人跑堂，女儿估摸着读初一的样子，儿子小学三年级左右。两个小孩子也在店里忙前忙后，收拾碗筷，清理桌椅……有点空闲就写作业。一家人都在忙着自己的事情，一切都很自然，一起把这个小店打理得井然有序，生意兴隆。我们在点菜时，店主总会不时提醒我们，如点菜吃米饭，就不需要炒面。炒面就点1个菜就够了。但店主严重低估了我俩的食量，估计按照店主的想法，我们已经点了四个人的食量，然而事实上，我俩不仅吃得心满意足，还轻松光盘了。

下午3点，我们在乐平市高家发德超市进行物资补充。坐在店外，我们喝着水，想着接下来的路程应该会顺利一些，不可能再有高坡度的道路了。当然我想着再往前多骑行一点距离，此时恪恪也开始打起了他的小算盘，想着好好休息一下，放松一下。看着他嘴角起了几个火疖子，我只好同意他在下午5点时就结束今天的骑行。

我们也是按照预期到达了酒店。我们分工一直很明确：我在宾馆洗衣，他去外面觅食并帮我打包带回。当然有时，恪恪会主动洗自己的衣服。

今年避雨都是躲进公交车站。就像今天在海口镇，天空落下不大不小的雨，我们便选择就近避雨。其实每次开车回爷爷家，高速公路上都要经过海口停车区。有了今日的骑行，方知晓海口是一个古镇，是江西省第四批历史文化名镇。其实如果时间再充裕些，我们还可以去此地探究一番。

今日感悟：每年的长途骑行，我们俩总有避雨的经历，仿佛这些突如其来的风雨，也为我们的旅程增添了别样的色彩。可以让我们的骑行放慢节奏，伫立于屋檐下，静心地观察目所能及的现实世界。雨水洗净了尘埃，带走了我们骑行的疲惫，留下了对美好生活的向往与追求。既然躲不开，那么便选择享受当下躲雨时的伫立时刻。

第6天：坦途畅行近三百　来年六月顺利达

地　　区	最高温	最低温	天　　气	风力风向	空气质量指数
景德镇市乐平市	35℃	27℃	阴转多云	东南风2级	36（优）
南昌市南昌县	37℃	29℃	多云转晴	西南风2级	43（优）

　　我们从景德镇市乐平市出发，经过了上饶市万年县、余干县、南昌市进贤县，到达南昌市南昌县。今日骑行路程为138公里。我们晚上投宿于瑶湖心悦宾馆。

　　今日骑行在昌万公路上，几乎没有什么坡度。鄱阳湖平原（鄱阳湖盆地），地势平缓，海拔多在50米以下，河网稠密，湖泊众多。上桥下桥是骑行的主要困难，有了前面的爬坡体验，现在这个坡度对于我们来说都不是事。

　　昨晚我想着，明日再苦再累都要完成这剩下170公里。可是恪恪依然按照他所认同的方式继续前行着。从两周的骑行变成了一周，终点从井冈山变成了鄱阳湖，恪恪欣然答应了，而现在又从7天变成6天，恪恪表示坚决不同意。

　　今早6点30分，我俩已在路上骑行。1小时后，我们已经骑行了15公里。抬眼四望，四周没有餐馆，也没有早餐摊位，路旁有三两栋闭门的房屋，再就是一眼望不到头的威汕线公路，所幸还有一家开门的便利店。于是我们进店挑选了一些蛋糕当作早餐，然后我们便继续赶路。

在路上，我们风餐已是常事，但还没有露宿过，以后有机会可以完整地体验下风餐露宿的骑行。9点左右，我们去路旁加油站内的便利店购买了几瓶水。

中午11点，我们已经骑行了45公里。来到了余干县城东，我们坐在南昌大道辅路上休憩了片刻。

12点，我们在余干农家小餐厅吃了午餐。自从进入江西省境内，我们俩的食欲便大增。每次吃饭都以光盘结束。

下午2点，我们到了芡实交易中心，也在此避一避暑热，休息一下。中国芡实之乡就是余干县。莲、藕、菱、芡皆是湖畔居民餐桌上的家常菜，芡实也是一种天然的零食。这可能得益于鄱阳湖的自然环境及气候特征。

军山湖水质纯净，水产品丰富。此前，我浑然不知军山湖盛产清水大闸蟹。这次骑行经过三阳集乡，发现有很多大闸蟹店铺。适宜的水质、气候、生态环境逐步使当地形成了养蟹的规模。我们还发现了"666"里程碑，恪恪常挂在嘴边的口头禅"666"。

下午5点30分，我俩到达了网上查询到的民宿，不过恪恪大失所望。民宿周围是农田。恪恪决定继续前行找一家他心仪的宾馆。最终，骑行大约10公里的距离才如愿以偿。

又是离终点剩下不多的距离，宛如2019年那次的骑行。

今日感悟：通过这几次的长途骑行，我真心希望恪恪能够得到一些有益的指导和启发，从而在个人成长和能力提升方面取得显著的进步。我期待着他能够在接下来的一年中，像他的口头禅所表达的那样，"666"，即表现出色，不断超越自我。我衷心希望他能够通过自己的努力，在来年的中考中取得优异的成绩，实现自己的目标和愿望，让自己的未来之路更加宽广和光明。

第7天：日上三竿行色匆　急行半日精准达

地　　区	最高温	最低温	天　　气	风力风向	空气质量指数
南昌市南昌县	36℃	29℃	阴转晴	南风3级	44（优）
南昌市新建区	36℃	27℃	阴转晴	西南风3级	57（良）

　　从南昌县出发，骑行路程为46公里，我们就达到了位于新建区昌邑乡昌南村的爷爷家。在爷爷家稍作停留，我们就踏上了当晚返沪的高铁，并在凌晨到家。

　　或许心里已经完全放松了，剩下的行程只是小菜一碟了，早上醒来，发现已经是8点30分了。恪恪还是呼呼大睡。我昨晚计划着11点30分要骑到爷爷家，现在看起来要泡汤了。

　　我们迅速地完成了洗漱，匆忙地整理行囊，同时不断地在心里盘算着，只要我们一路不停地骑，那么在3个小时之内还是有可能实现我们的目标。在心里默默地计算着：鄱阳湖平原的地形相对平坦，没有太多的爬坡路段；而且今天风力不大，这将有助于我们提高骑行的速度……然而，今天是头伏的第一天，这意味着气温可能会比较高。

　　我俩不辞辛劳，争分夺秒地赶路，终于在中午12点之前抵达了爷爷家。我们急于到达目的地，沿途的美丽风景被我们无意中忽略了。但是，这一段路程，与我们每次回家看望爷爷的自驾路线是重叠的，所以也并不是特别遗憾。

我在恪恪这般年纪时，恰值夏季初伏，农民们会头戴草帽，佝偻着身躯，在炎炎烈日下，右手握住镰刀，左手把着稻禾，右手的镰刀会割下左手握着的稻禾，左手顺势轻巧迅速地均匀地铺散稻禾，然后如此反复。这一连串的动作流畅而有力，深深烙印在我的记忆中。即便骑着自行车，那熟悉的劳作画面依旧在我肌肉记忆中跳跃。那时丰收的景象是那么繁忙，男男女女、老老少少都会上场，好不热闹。而现在，只有三两台收割机在农田中奔忙，难以再见往昔那繁忙的丰收场景，也难以寻觅到金色稻浪中劳作的少年身影，收割机的轰鸣声已成为当今的丰收曲。

所以，现在的少年难以理解耕作的辛勤与汗水的价值。在快速的现代化进程中，我们似乎遗失了与土地的亲密接触和那份对自然的敬畏与感恩。然而，无论是手工收割还是机械化的效率，都承载着人们对丰收的期盼和对美好生活的向往。时光滚滚向前，我们与时代一同前行，在记忆中留下一幅幅生动的农耕画卷。或许我们这代从农村走出来的人，还有农活的记忆，但恪恪这代人，或许只能从书本上、影视之中，去感受农活。

我们事先没有通知爷爷，他并不知道我们是选择骑车回老家的。当我们到达时，看到爷爷正焦急地在门口等待着，他甚至没有注意到，眼前出现的两位骑车的人正是他所期盼已久的儿孙。我选择不告诉爷爷我们使用的交通工具原因是不想让爷爷太担心与牵挂；也不想让他阻止我带他的孙子恰恰骑行。

　　说实话，我们成了真正意义上的赶路人。我俩当晚就乘坐高铁，次日凌晨已回到上海的家中。此时，恰恰妈妈和妹妹也已从河北老家回来了。我们一家四口开始正式的暑假生活。骑车赶路回家看望老人，高铁赶路回家与妻女相聚。其实，过几天，我们还要自驾回来看望爷爷的，同时，将恰恰心爱的自行车捎回上海。

　　今日感悟：在骑行的旅途中，我回忆起少年时期的诸多往事。那时，我时常觉得日常的劳作异常艰难，然而时至今日，我却视那些经历为无价之宝，它们教会了我更加珍惜眼前的幸福生活。记得当年，父亲总是携我同行，从我们的村庄出发，穿越小镇，无论走得多远，也仅是抵达县城内的另一个小镇。如今，我携子骑行，跨越省界，体验社会，感悟生活。或许，不同年代的父子，以不同的方式，却以相同的理念去观察外部的世界，这正是世代传承的体现。

2021 年暑期骑行跨越区域一览表

省 份	地级市	区　　　县	
上海市		闵行区、松江区、青浦区、金山区	4
浙江省	嘉兴市	嘉善县、秀洲区、南湖区、桐乡市、海宁市	5
	杭州市	临平区、拱墅区、上城区、西湖区、富阳区、桐庐县、淳安县	7
	衢州市	开化县	1
江西省	上饶市	德兴市、婺源县、万年县、余干县	4
	景德镇市	乐平市	1
	南昌市	进贤县、南昌县、新建区	3

2021 年暑期骑行路程表

日　　　期	当日骑行终点	路程（公里）
2021 年 7 月 5 日	嘉兴市　秀洲区　锦江之星风尚（塘汇路店）	86
2021 年 7 月 6 日	杭州市　西湖区　汉庭酒店（转塘美院店）	118
2021 年 7 月 7 日	杭州市　淳安县　汉庭酒店（千岛湖广场店）	138
2021 年 7 月 8 日	衢州市　开化县　池淮镇皇岸大酒店	124
2021 年 7 月 9 日	景德镇市　乐平市　海纳百川休闲酒店	125
2021 年 7 月 10 日	南昌市　南昌县　瑶湖心悦宾馆	138
2021 年 7 月 11 日	南昌市　新建区　昌邑乡昌南村	46
		775

2022 年篇：
中考延期，骑行搁浅

随着2022年7月11日至12日上海市初中学业水平考试的圆满结束，恰恰终于得以暂时放下备考期间的紧张状态。中考不仅是对学生学习能力的一次重要检验，更是对其心理素质和意志力的一次严峻考验。尽管中考结束后，恰恰内心深处渴望着骑行，但他意识到，面对即将到来的一系列事务，我们必须将骑行计划暂时搁置。

随着中考成绩的揭晓及志愿投档的最终确定，恰恰终于获得了那份期盼已久的录取通知书。虽然结果并非完美无缺，但他内心涌现出的满足感却是真挚的。这份通知书不仅是对他过往努力的肯定，也是对未来潜力的开启。

尽管骑行计划不得不暂时搁置，但恰恰深知，每一次的暂停都是为了更好的重新出发。他将在处理完这些事务后，重新踏上骑行的征程，怀揣新的目标和期待，继续探索与冒险。骑行不仅是放松身心的方式，也是成长的途径，坚信他在不久的将来，将再次踏上那条熟悉的道路，继续骑行之旅。

在初三这一年的时间里，恰恰逐渐领悟到，骑行并不仅仅是一项体育活动，它不仅能够锻炼身体，缓解压力，愉悦心情，更是一种学习的方式。实际上，这一年初三的学习与生活，就如同一次长途骑行的体验。其中的滋味，只有亲身体验过的人才能真正领悟。

在长途骑行的过程中，目标设定的重要性不容小觑。我们通常将长距离的旅程划分为若干较短的阶段，并为每日的骑行设定具体的里程目标。通过这种方式，我们能够根据当日的实际情况，逐步完成既定的里程，从而实现一系列小的成就，仿佛是达到一个个里程碑。恪恪将这种目标设定的方法应用于学习领域，将繁复的学习任务分解为多个部分，每完成一个部分，便意味着向最终目标又迈进了一步。

在长途骑行的过程中，时间规划的重要性不容忽视。必须精心规划路线，确保劳逸结合，并根据天气、地形和道路状况适当安排休息时间。这教会了他在面对学业压力时如何合理分配时间。他将这种时间管理技巧应用于学习计划中，确保各科目均得到充分复习，从而学习效率最大化，实现最佳学习效果。

在长途骑行的过程中，积极心态的重要性不容小觑。骑行所面临的挑战也教会了恪恪保持积极的心态。面对陡峭的山坡和艰难的路况，采取迂回战术、调节变速方式，他学会了不轻易放弃，这种坚持不懈的精神也被他带入学习之中。即使遇到难题，尤其是在不太擅长的语文、英语学科上，他也不会轻易放弃，而是积极寻求解决方案。

骑行不仅锻炼了恪恪的身体，也磨炼了他的心智。在骑行中，他学会了如何面对困难，如何管理自己，如何保持积极的心态。这些经历和教训，成为他学业成功的关键因素。

2023 年篇：骑行海宁隔日达

2023年夏季的骑行活动持续了三天，总行程达到260公里。与往年相比，今年的骑行队伍中新增了一位即将升入初三的学生，名为浩子。

2023年8月20日，星期日，我们一行三人从闵行启程。当天的骑行里程约为80公里。

2023年8月21日，星期一，浩子与我留在宾馆休息。而恪恪独自一人从宾馆出发，前往浙江大学海宁校区，并在享用午餐后返回宾馆。恪恪当日的骑行距离大约为90公里。

2023年8月22日，星期二，我们三人从宾馆出发，开始了返程的骑行。当天的骑行里程约为80公里。

第 1 天：骑行三人行　出师初告捷

地　　区	最高温	最低温	天　　气	风力风向	空气质量指数
上海市闵行区	33℃	27℃	阴	东南风3级	32（优）
嘉兴市平湖市	32℃	26℃	小雨转多云	东南风4级	31（优）

　　我们从上海市闵行区启程，沿途经过了奉贤区和金山区，最终抵达了嘉兴市的平湖。今天的骑行路程总计达到了80多公里。

　　清晨的阳光刚刚洒满大地，我们便迫不及待地准备好了骑行装备，随即踏上了这段期待已久的长途骑行。骑行的心情异常激动，一方面是因为我们期待着与新骑友老朋友浩子的会合骑行，另一方面则是因为我们已经有一段时间没有进行过长途骑行了。

　　当我们抵达上海交通大学闵行校区时，浩子和他的家人已经在校园里耐心地等待着我们的到来。我们在交大校园内的餐厅里享用了丰盛的早餐，与浩子的家人亲切告别。浩子的妈妈对我们的骑行计划充满了期待和美好的祝福，这让我们感到非常的温暖和备受鼓舞。

　　早餐过后，我们开始了今天的骑行之旅。我们沿着江川路骑行，我和恪恪很快就注意到浩子骑得特别悠闲自在。尽管我们多次催促他加快速度，浩子依然保持着他的"龟速"前进。后来我们三人发现，尽管浩子骑的是一辆崭新的自行车，但这辆车竟然无法调节速度。这使得我们的骑行变得有些艰难，但我们并没有选择放弃，而是决定就这样继续。实际上，昨天我和浩子爸爸花费了整个下午的时间对自行车进行了彻底的检修，并亲自试骑了一段路程。两位爸爸自信满满地夸耀说，自行车的状况没有任何问题。然而，没想到竟然在变速上出现了问题，这似乎再次印证了那句老话："爸爸不靠谱。"当时我的内心有个声音是浩子不想去骑行了，那我借坡下驴得取消这次骑行。可是00后根本不在乎这些，毅然地选择继续前行。

大约在上午11点30分，我们到达了金山区的亭林镇。在这里，我们找到了一家中式快餐店，享用了一顿美味可口的午餐，并稍作休息。两个孩子在骑行时慢悠悠的，但吃饭时却像猛虎一样迅速，而在休息时又总是沉迷于手机，忘却了时间。

午餐后，在我的催促下，在炽烈的阳光下，我们继续前行。

下午2点，我们刚刚进入平湖市新仓镇，天空突然变得阴沉，开始下起了小雨。我们三人迅速去到边界岗哨亭里避雨。雨中的小镇显得格外宁静，我们也趁机享受了这份难得的宁静。无垠的农田，在雨中呈现出一片静谧。亭旁，绿油油的稻田在雨水的滋润下显得更加鲜亮，稻叶上挂满了晶莹的水珠，随风轻轻摇曳，一派生命气息，犹如身旁两位00后生机勃勃。雨后的空气清新宜人，我们重新踏上了旅程。

到了下午5点，我们在酒店办理了入住手续。晚上，我们前往宾馆附近的吾悦广场享用了美味的晚餐。晚餐后，我们在房间里休息，讨论着第二天的行程安排。

今日感悟：尽管浩子的自行车无法调速，但他并没有选择放弃。他坚持骑行，虽然速度较慢，但他的毅力和决心让我们深受感动。我们三人一起克服了困难，彼此照应，共同前进。今天，我们三人的骑行之旅充满了挑战和乐趣。两位00后还学会了如何在困难面前相互支持，如何在挑战中找到乐趣。骑行虽然有时会带来痛苦，但这次经历将成为我们成长过程中的宝贵财富，激励我们在未来的日子里，无论遇到什么困难和挑战，都要勇敢地面对。

第 2 天：今日独行百里　未来独当一面

地　区	最高温	最低温	天　气	风力风向	空气质量指数
嘉兴市平湖市	33℃	25℃	阴转多云	南风 2 级	38（优）

今天恪恪独自从平湖市出发，经过了海盐县，最后回到平湖。今天恪恪独自骑行路程约 90 多公里。

今天，我的心情极其复杂。昨晚我们商量下来的结果就是：恪恪独自骑行至浙江大学海宁校区，我和浩子在宾馆里休息一天。浩子虽然身体在休息，但他还要完成作业。毕竟他马上就要初三了，再加上晚上要上网课。我心里希望浩子跟恪恪那次暑期骑行一样，有所成长，中考如愿。

虽然恪恪已不是第一次独自骑行，但这次他只身一人在外出发，我的心都像被一根无形的线牵引着，担忧和不安始终伴随着我。

当清晨的第一缕阳光透过窗帘的缝隙，温柔地洒在我们的房间里时，我们已经结束了那顿令人愉悦的早餐。我与恪恪一同踏出了房门，前往了酒店的非机动车库。恪恪的举止显得异常平静，他既没有表现出过度的兴奋，也没有流露出任何想要退缩的迹象。而我，尽管内心充满了担忧，却在尽力掩饰，反复地向他强调，一旦在路上遇到任何情况，一定要立刻与我联系。然而，当恪恪骑上他的自行车，头也不回地向我摆摆手告别，准备踏上他的旅程时，我的心中却突然涌现出一种难以言表的紧张和焦虑，仿佛有一只无形的手紧紧地揪住了我的心。

当我返回房间时，内心的不安感愈加强烈。我开始在脑海中构想他在旅途中可能遭遇的种种情况：或许是在骑行过程中不慎跌倒，或许是遭遇了突如其来的天气变化，抑或是自行车出现了故障。尽管我深知这些忧虑可能有些过分，甚至可能是多余的，但作为一位父亲，我发现自己根本无法控制不去想象这些可能发生的场景。

整个上午，我都在期盼恪恪的消息。我想要多发几条信息询问他骑行到了哪里，是否感到疲惫……但同时我又担心这会干扰到他的骑行安全。每当手机响起，我都会紧张地查看，期望是他发来的信息，告知我他的位置、状况等。然而，除了偶尔收到几条简短的报平安信息，我几乎得不到更多的消息。这种不确定性使得我的心情更加焦虑。

午后时分，阳光愈发炽热，我开始忧虑恪恪是否摄取了充足的水分与食物。我想象着他于炎炎烈日之下骑行的情景，汗水浸透了他的衣衫，内心不由自主地涌现出一股强烈的冲动，迫切地想要通过视频通话来确认他的安全状况。当我看到他发来的在校园里的自拍照片时，心中顿时感到了一阵轻松。

恪恪终于安全地回到了宾馆。一身的疲倦难以掩饰，却以一种淡然的态度向我娓娓道来，他解释因自己忙着骑行，故而没有多发信息，随后简述了一下骑行的经过。不过看着他那种

"这都不算事"平淡宁静的样子，我当初心中的担忧和焦虑烟消云散了。他不仅完成了这次独自骑行，还在过程中学会了独立和坚强。

夜深了，我坐在书桌前，反思着今天的担忧。遥想当初，高中时期的我，踏上我那辆二八自行车，从省城高中到我们村子，每月都会往返100公里，那时没有便捷的导航，只有手工地图；没有那么多平坦道路，只有坑坑洼洼的砂石路；当然也没有那么多飞奔的汽车。那时的我一路飞奔，快乐得犹如出笼的飞鸟，也没感受到爸妈的担忧，只有自己的驰骋。而现在的我呢？有时候我就在想：是父亲需要孩子多些，还是孩子需要父亲多些呢？作为父亲，我需要学会放手，让恰恰去经历、去成长。他需要独立面对挑战，学会自己解决问题。我为他的勇敢和坚强感到骄傲，也为他的成长感到欣慰。

今日感悟：恰恰今天独自一人骑着自行车，向我传达了一个深刻的道理：我必须在保护与放手之间寻找到一个恰当的平衡点，确保恰恰能在安全的环境下茁壮成长，同时也要给予他足够的自由，让他能够无拘无束地去探索这个广阔的世界。

第 3 天：父子骑行结束　相互成长继续

地　　区	最高温	最低温	天　气	风力风向	空气质量指数
嘉兴市平湖市	32℃	24℃	大雨转小雨	西北风3级	36（优）
上海市闵行区	34℃	25℃	中雨	西北风2级	49（优）

我们从平湖市出发，经过了金山区、松江区、奉贤区，到达闵行区。今日骑行路程为80多公里。今天，我们仨的骑行之旅即将画上圆满的句号。

早晨7点，在宾馆餐厅里，我们仨围坐在一桌，吃着早餐。恪恪显得格外兴奋，他的眼神中闪烁着对昨天独自骑行经历的自豪。

7点30分，我们便从宾馆出发，踏上了返程的路途。我们沿着熟悉的道路骑行，趁着阴天的凉爽，我们奋力骑行。

在金山区的时候，我们不得不做出一个决定——恪恪将独自从松江返回闵行，而我和浩子则从奉贤进入闵行。唯有如此，俩娃才能尽快见到各自的妈。

在金山区的某个路口，我们三人停了下来。恪恪看着我，眼神中透露出一丝坚定："爸爸，我可以自己从松江回去。"我看着他，心中虽有点担忧，但想到昨天他独自骑行至浙江大学海宁校区的经历，我知道他已经准备好了。我点了点头，同意了他的决定。

下午1点20分左右，浩子安全到达了自己的家。我和浩子妈妈在电话中交流了几句，确认了浩子的安全。我心中松了一口气，知道我们的骑行之旅已经顺利结束。

今天，我不再像昨天那样担心恪恪的骑行安全。昨天的经历，让他变得更加独立和自信。我相信他已经能够应对骑行中可能遇到的各种情况。

返程的路上，我不断地思考着这次骑行的意义。这次骑行不仅仅是一次身体上的锻炼，更是一次精神上的洗礼。两个孩子在这次骑行中学会了独立，学会了面对挑战，学会了在困难中找到乐趣。我相信，这次骑行的成功，将激励他们在未来的生活中，无论遇到什么困难和挑战，都会勇敢地面对。

今日感悟：在这次的骑行经历中，我深切地体会到恪恪已经取得了显著的成长，他已不再是我记忆中那个充满青涩无知的少年。相反，他展现出了成熟稳重，以及坚毅果敢的品质。我曾经梦想着陪伴他一起骑行走过万里长路，虽然到目前为止，我们骑行的距离还远远没有达到万里，但是我已经能够看到"万里路"的效果开始显现出来。恪恪在旅途中的表现，让我确信他已经具备了面对各种挑战的勇气和智慧，他的成长让我感到无比的欣慰和自豪。在心情不好的时候，他会选择骑车出去转上一圈，之后再以更加饱满的热情投入到学习或者生活中；在学习上遇到阻碍的时候，他会很笃定告诉我："下次肯定不会有这个结果"，而事实也正如他所言，下一次的尝试带来了显著的进步。在目标追求受挫之时，即便我们认为可以放弃，他还是会坚定地选择继续与困难死磕下去……

2023 年暑期骑行跨越区域一览表

省　份	地级市	区　　　　县	
上海市		闵行区、奉贤区、金山区	3
浙江省	嘉兴市	平湖市、海盐县、海宁市	3

2023 年暑期骑行路程表

日　　　期	当日骑行终点	路程 （公里）
2023 年 8 月 20 日	嘉兴市　平湖市　格雅酒店（平湖吾悦广场胜利路店）	83
2023 年 8 月 21 日	嘉兴市　平湖市　格雅酒店往返浙大海宁校区	90
2022 年 8 月 22 日	上海市　闵行区	83
		256

第二辑　　　　儿子日记

2018 年篇

今天，长途骑行的第一天，我遇到了一点小意外。

我正全神贯注地蹬着踏板，突然，身体失去了平衡，然后重重地摔倒在地。那一刻，我感到有点震惊，也有点疼。没等老爸反应过来，我就从地上站起来了。

我看了一下自己的腿脚，发现只有小腿部有小小的擦伤。

我又扶起了自行车，也检查了一下，车子没啥故障。

当我准备开始继续骑行时，老爸赶到我身边，关切地问我："恪恪，你没事吧？"

我只是轻轻地拍了拍身上的尘土，微笑着回答："破了点皮，有点疼，不要紧，可以继续骑行！"

我觉得自己好像长大了一点，变得有点勇敢和独立。我不再像以前那样，总是找借口，而是学会了面对困难，勇敢地站了起来。

今天，虽然摔倒了，但我没有被打败。我站起来了，准备好了，继续我的骑行旅程。

经过一晚休整，我的腿不那么疼了。清晨，当第一缕阳光透过窗帘，我和老爸便已准备好了行囊，直接出发了。大约骑行1小时后，我和老爸就在路边小店吃了早餐。

前往乌镇的路上，空气中弥漫着清新的气息，我们穿过城市的喧嚣，逐渐进入宁静的乡村小道。一路上，经过了稻田、小溪和郁郁葱葱的树林。偶尔，我们会停下来，拍几张照片，或是喝口水，休息一下。

经过几个小时的骑行，终于到达了乌镇。首先映入眼帘的是那古色古香的建筑和清澈的河水。我们迫不及待地开始了游览，东栅和西栅的美景令人目不暇接。古朴的木屋、石桥，还有那悠长的巷子，都让人有一种穿越之感。

在游览的过程中，我们特意去参观了茅盾故居。这里是中国现代文学大师茅盾的出生地，里面陈列着他的许多作品和生活物品。我被这位文学巨匠的才华和贡献深深吸引，也对乌镇的文化氛围有了更深的体会。

傍晚时分，我们依依不舍地离开了乌镇景区。在夕阳的映照下，我们踏上了回宾馆的路。虽然身体有些疲惫，但心里却是满满的收获和满足。

今天，是我的生日。在老爸眼里，今天和昨天是一样的，依旧催促我起床、洗漱、骑行……而我心里有些不爽。

我和老爸去了一个非常特别的地方——位于桐乡市石门镇的缘缘堂。这里是京杭大运河旁边一个安静的角落，也是纪念丰子恺先生的地方。缘缘堂的古朴和宁静深深吸引着我。纪念馆不大，但每一处都充满了艺术和历史的气息。参观的人不多，我们得以悠闲地欣赏每一件展品。

我特别喜欢漫画，所以在纪念馆里，我在每一幅漫画前都驻足良久，细细品读。在丰子恺先生的画笔下，无论是人物还是动物，都栩栩如生，充满了趣味和深意。我还特意挑选了两本丰子恺先生的漫画书作为纪念。老爸也选了一本《缘缘堂随笔》。我们都很高兴能拥有这些珍贵的书籍。我决定回家后要仔细阅读这些作品，了解更多关于他的故事和思想。

今天的参观让我收获很多，不仅因为学到了很多关于丰子恺先生的知识，更因为感受到了艺术和历史的魅力。我更会珍惜这次经历，生日这天的骑行、参观，虽餐不丰，但情十足，有身体上的收获，也有知识上的增长，更有精神上的磨炼。

　　以前，我和老爸来过西湖两次。不过这次，我和老爸是以骑行的方式来到西湖的。

　　我们骑到杨公堤，这里是西湖十景之一。骑行在这条蜿蜒的堤岸上，我仿佛置身于一幅动人的画卷中。两旁是郁郁葱葱的树木，湖面上波光粼粼，偶尔有几只松鼠悠闲地觅食，真是惬意极了。

　　老爸和我一边骑行，一边欣赏着沿途的风景。我们停下来拍照，还和其他骑行者交流心得。老爸告诉我很多关于西湖的故事和传说，让我对这个地方更加着迷了。

　　饭后，我们继续沿着湖边骑行。我们经过了苏堤，看到了断桥，还有那远处的雷峰塔。每一处都有它独特的魅力，让我目不暇接。

　　今天的骑行之旅让我更加热爱大自然，也让我对西湖的美景有了更深的感悟。

　　清晨，我和老爸迎着朝阳，踏上了探索绍兴之旅。7点起床洗漱后，我俩就出发了，10点不到就到了绍兴市。

　　我们办理好宾馆入住，便卸下行囊，轻装上阵，开始跟随课本的骑行探索之旅。我们参观了许多名人的故居，如鲁迅故里、周恩来祖居、贺秘监祠等。在鲁迅故居里，我看到了他笔下的百草园和三味书屋。虽然我不太理解那些深奥的文学作品，但觉得能亲眼看到这些地方，真的很酷。

　　在参观的过程中，我常常会偷偷地玩会手机游戏。有时候，老爸会说，只要我不影响参观、骑行，就可以玩一下。其实，我觉得这样既能学习，又能娱乐，真的是一举两得。

　　参观结束，我们准备回宾馆的时候，突然下起了大雨。没有带雨具，我们只能冒雨骑行。雨水打湿了衣服，我感到了一丝凉意，但也觉得很刺激。

　　虽然被雨淋湿了，但我并没有不高兴。我和老爸一起在雨中骑行，感觉蛮好的。

　　回到宾馆后，我们赶紧洗了个热水澡，换了身干净的衣服。我终于可以舒舒服服地玩游戏了。

　　受台风的影响，总是会下雨，我们不能出去参观。老爸还担心我们会被困在绍兴。

　　趁着没下雨的空隙，我们来到了青藤书屋。这里充满了历史的气息，书架上摆满了徐渭的书法作品。我被这些墨宝深深吸引，挑选了几本徐渭的书，打算回家好好临摹和学习。

　　不知不觉中，我们来到了绍兴的新华书店。这里书架林立，各类书籍应有尽有。我直奔动物小说区，找到了最喜欢的作家沈石溪的书。我挑了两本最想看的小说，虽然心里想要购买更多，但老爸提醒我，我们的自行车载重量有限，不能贪心。我说："不让我玩游戏，多买几本书总可以吧？"

　　满载而归的我们决定乘坐公交车返回宾馆。在等车的时候，我拿出了新买的书，迫不及待地开始阅读。文字把我带入了一个个奇妙的故事世界，以至于忘记了周围的喧嚣。

今天一大早，老爸心中就有一个念头：在暴雨来临之前，一定要离开越城。我和老爸就这样急匆匆地踏上了回程的路。

在骑行路上，手机铃声突然响起，老爸接通了电话。听完后，老爸哭笑不得地告诉我："我的钱包落在宾馆了！"这时，我们已经骑行了近 20 公里。

如果我们一起返回宾馆，不仅耗时还会消耗体力。所以，老爸决定由他自己打车去取钱包，而我在原地等待。当时对我们来说，这似乎是最好的方案了。但老爸又担心我的安全，可我心里想着的是，可以安心地玩一会游戏了。

老爸刚一坐上出租车，我就拿出手机打开《我的世界》。这是我最喜欢的游戏。

在那个由方块构成的世界里，我可以建造自己的房子，探索洞穴，甚至可以和怪物战斗。我完全沉浸在了游戏中，忘记了周围的一切。

时间似乎过得特别快，当老爸回到我等待的地方，我还在玩着《我的世界》。我抬起头，惊讶地看着我的老爸："这么快呀！"我心中还有点不舍游戏里的世界。

虽然今天发生了一点小插曲，但我们还是顺利地解决了问题。我在想，以后出门前一定要好好检查一下，不要再落下东西了。

今日早起，我和老爸来到了盐官观潮点。我站在宽阔的钱塘江边，虽然没有潮起潮落的波澜壮阔，但能感受到江水恬静安逸的一面。今晨的天气不太好，江面上有些朦胧，对面的高楼大厦也若隐若现。景区里只有两三个人，偶尔有一两艘江船经过，安静极了。

随后，我们还参观了王国维故居。这是王国维少年时期的住宅，前厅有他的半身铜像，室内陈列着他的学术成就和手稿。他的境界和造诣真让人敬佩。

我们还参观了徐志摩故居。这是一座 1926 年建成的中西合璧的小洋楼，徐志摩和陆小曼婚后曾短暂居住在这里。故居里陈列了徐志摩的家世、生平和思想，让我感受到了诗人短暂而多彩的一生。

当我们经过蒋百里纪念馆时，纪念馆闭门休息。今天的骑行之旅让我学到了很多，也让我感受到了历史和文化的厚重。虽然有些小小的遗憾，但相信，这些经历会让我变得更加勇敢和坚强。

　　今日，在骑行回家前，我们特别安排了参观李叔同纪念馆。李叔同是中国近代史上一位多才多艺的艺术家，一生充满了传奇色彩。在纪念馆里，我看到了李叔同的许多作品和生平介绍，让我对他的才华和贡献有了更深的了解。

　　经过一天的骑行，我们终于在傍晚时分到家了。虽然身体感到疲惫，但心里却是满满的成就感。今天，我不仅完成了一次身体上的挑战，更在精神上得到了成长。

　　9 天的骑行之旅，让我感受到了坚持和努力的力量。我相信，这些经历将成为我宝贵的记忆，激励我在未来的道路上不断前行。

2019 年篇

　　今天上午，太阳如同火球般烧灼着大地，炽热的气息扑面而来。到了中午，太阳似乎又加大了它的威力，毫不留情地照射着地面上的每一个角落，丝毫不顾及路人的感受。烈日炎炎下，我们汗流浃背，但仍然坚持前行。

　　到了下午，老爸以为轮渡是会停运的，于是在老爸的催促中，我们马不停蹄地向前骑。2 小时后，终于抵达了渡口。我们赶紧询问了附近的检查人员，才知道原来轮渡是全天候运行的！我以为下了轮渡后会是一个热闹的小城镇，住宿应该不成问题。心里这么想着，我满怀期待地下了轮渡。

　　然而，当我慢悠悠地向前骑了 5 公里后，却发现周围一片荒凉，连一家店都没有，甚至连个人影都难以看见。我感到十分的不妙，心中涌起一股不安。又过了十几分钟缓慢的骑行，我们终于看到了一个红绿灯。但是，令我们失望的是，道路上竟然一辆车也没有。在等红绿灯时，我与老爸一言不发，沉默的氛围中透露出一丝尴尬。

　　老爸看了看天，脸色更加难看。本来想与老爸说说话，缓解一下紧张的气氛，但我也一下子没了兴致，于是默默地看着老爸，突然看见老爸的眉毛上结了白色的小颗粒，后来才知道那是汗水的结晶。这让我意识到老爸也在默默承受着困难和压力。

　　过了红绿灯，我们继续前行。我问了老爸还有多久才能到。他叹了口气说："还有几十公里吧。"我听到这儿，几乎快晕了过去。但我也没有办法，只能更加奋力地向前赶路。骑了大约10公里，我们终于看见那"我们梦寐以求的身影"——酒店。

我高兴地大呼了一声："万岁!"然后激动地锁上了车子，大步流星地走进了酒店。这一刻，所有的疲惫和困难都烟消云散，只留下对即将来临的休息与惬意时光的期待。

昨天，骑行首日，我俩体力都有些透支，我有些许内疚，但老爸似乎并不在意，他只是笑着提醒我要注意合理规划体力。

今天，他特意提前结束了行程，下午3点就决定找宾馆休息。他开玩笑说，想要欣赏南通的夜景，但实际上，我们住的地方并没有太多夜景可言，我们也没有出去，反而给了我更多的时间来写暑假作业。晚上8点30分，我正坐在书桌前，埋头苦思着作业，老爸则在整理我们的装备和计划明天的路线。

今天骑行的路上，我感受到了逆风的阻力。尤其是当我们朝着正东方向骑行时，每一次蹬车都显得特别吃力。不过有时我骑行在老爸前面，为他减轻一点风阻。

在张謇文化旅游区，我认真地参观学习并了解到张謇先生是中国棉纺织领域的早期开拓者，也是多所大学的创始人。他"实业救国"的理念让我感动不已。

今天还有一个小插曲，中午吃饭时，因为我急于玩游戏，狼吞虎咽地吃完了饭。老爸批评了我，甚至删除了我手机上的大部分游戏。一开始，我有些不满，但后来想想，也许这是老爸希望我能更专注于骑行和学习吧！

晚上，我坐在书桌前，反思今天的一切。我感到自己正在成长，正在学习如何更好地管理时间，如何面对责任，以及如何在诱惑面前保持自我控制。这次骑行，不仅是一次身体上的挑战，更是一次心灵上的成长之旅。

我期待着明天的旅程，期待着更多的学习和成长。

2019 年 7 月 17 日　周三

　　在这个七月的清晨，阳光温柔地洒在蜿蜒的道路上，我和老爸踏上了新一天的骑行旅程。我们在清新的空气中穿行，享受着旅途的宁静和美好，路上偶遇了独自从上海骑车返回东北老家的大哥哥。然而，午后的天空却渐渐阴沉下来，乌云密布，一场大雨似乎即将来临。

　　下午4点左右，我们穿过了一座宁静的小城镇，街边的酒店仿佛在向我们招手，邀请我们停下疲惫的脚步。我心中暗想，或许我们可以在这里找一个舒适的角落，好好休息一番。但就在这时，同行的大哥哥提出了继续前行的建议。他告诉我们，十几公里外还有一个小镇，那里或许有更多的选择。

　　于是，我们决定继续骑行。风开始逐渐变大，卷起了地上的尘土，天空中的乌云越来越低，仿佛要压到我们的头顶。道路两旁，金黄色的小麦在风中摇曳，像海浪一样起伏，我们的自行车在这无尽的麦浪中穿行。

　　时间接近下午5点30分，天空终于释放了它的怒吼，大雨倾盆而下。雨水打在我们的脸上，模糊了视线，穿上雨披却依旧无法抵挡这突如其来的暴雨。我们的身体变得沉重，仿佛被千斤重担压着，每一步都变得异常艰难。

　　就在我们几乎要放弃的时候，大哥哥的声音划破了雨幕："就这了！"我们振奋精神，加速前行，在朦胧的雨幕中，我们终于看到了那块模糊的"酒店"招牌。它就像是一座灯塔，照亮了我们前行的道路。

　　我们匆忙办理了入住手续，踏入了温暖的房间。热水从淋浴头倾泻而下，洗去了我们身上的雨水和疲惫。换上干净的衣服，躺在床上，窗外的大雨依旧在肆虐，但我的心中却充满了温暖和自豪。

我回想起了雨中骑行的每一个瞬间，那些艰难和挑战，坚持和勇气，最终汇聚成了四个字：我做到了。这场大雨，不仅是对我们意志的考验，更是一次心灵的洗礼。它让我明白，无论前路多么艰难，只要有勇气继续前行，就一定能够到达心中的目的地。

这个7月17日，将永远铭记在我的心中，成为我骑行旅程中最难忘的一天。

在那个炎热的夏日午后，阳光无情地炙烤着大地，无垠的田野上，我和老爸骑着车，缓慢地向前挪动。连续骑行了好几个小时，身体里的水分仿佛被蒸发殆尽。在短暂的休息后，我无意间喝光了所有的水，随后口渴的感觉便如影随形，难以忍受。

老爸看出了我的不适，他从背包中拿出了自己的水杯，递给了我。我犹豫着，心里充满了愧疚，想要拒绝："算了吧，我……"但他只是笑着鼓励我："你就去试试。"那是一种充满信任和鼓励的微笑，让我心中的忐忑稍稍平息。

我带着水杯，走向了附近一处简陋的居民房。心跳加速，我站在门外，深吸了一口气，鼓起勇气走进了屋子。屋内有几个工人正在休息，他们或坐或躺，面容中略显得疲惫，却也洋溢着一种宁静。我小声地，几乎是嗫嚅着问："能给些水吗？"声音在空旷的屋子里回荡，但似乎并没有引起他们的注意。

正当我准备带着失望离开时，一位穿着褪色蓝色外套，头上戴着一顶略显破旧安全帽的工人站了起来，他向我招了招手。他的双手，黝黑而布满皱纹，老茧几乎覆盖了每一寸皮肤，那是长年累月辛勤劳作的印记。他没有说话，只是简单地接我的水杯，小心翼翼地将他的水分给了我。

我看着他的手，微微颤抖着，那是一种力量与温柔的结合。水流进杯子的声音清脆悦耳，如同山间清泉般纯净。那一刻，时间仿佛静止了，只剩下水的流动和心中的感激。我紧紧抱着那满满一杯的生命之水，眼眶不由自主地湿润了。

回到老爸身边，我将水杯递给了他，他也为我感到高兴。我们相视一笑，所有的语言在此刻都显得多余。我喝着那救命之水，感受着它滋润着我的喉咙，缓解了干渴。这次经历，让我深刻体会到了水的珍贵，也让我感受到了陌生人之间那份无言的温暖和善良。

这件事让我开始反思自己过去对水的浪费，对资源的不珍惜。在这个世界上，有很多人每天都在为了生存而奋斗，他们珍惜每一滴水，每一粒粮食。而我，又有什么理由不去珍惜这些看似平常，实则宝贵的资源呢？

从那以后，我变得更加节约和感恩。每一次伸手求助，每一次得到他人的帮助，都是生活给予我的恩赐。我开始更加主动地去关心身边的人，去帮助那些需要帮助的人。因为我相信，善良和爱心是可以传递的，它们就像水一样，能够滋润人心，连接彼此。

这次骑行不仅锻炼了我的身体，更加磨炼了我的意志，让我学会了在困难面前不放弃，在挑战中寻找成长。更重要的是，它让我懂得了感恩，懂得了珍惜，懂得了人与人之间那份简单而纯粹的情感。

在那个炎热的夏日，我不仅得到了一杯水，更得到了一次心灵的洗礼，一次人生的启迪。这段经历，将永远铭记在我的心中，成为我人生旅途中最宝贵的财富之一。

　　今天是我的生日，我满怀期待地希望能少骑一些路程。然而，命运似乎并不打算让我如愿以偿。尽管如此，当一天的行程结束时，我却意外地觉得这个生日过得非常有意义。

　　清晨，天空还笼罩着淡淡的薄雾，微风拂面，带来一丝丝凉爽的气息。我和老爸骑上自行车，开始了今天的新征程。尽管天气还算凉爽，但中午时分，炽热的阳光无情地照射下来，仿佛要将大地烤焦。我们四处寻找可以用餐的地方，却始终找不到。我们心里不禁焦急起来，甚至开始担忧今天中午可能会饿肚子了。

　　正当焦虑不安时，我突然想起今天原来是我的生日，现在却遇到这样的处境，心中不免生出些许怨气。就在我几乎快要绝望的时候，远远地看见前方似乎有一家店铺，心中顿时激动起来，急忙加快速度向前骑去。然而，当我骑近一看，却发现那不过是一个葡萄园，并不见有任何提供餐饮的迹象。我的心情再次跌入谷底，但事到如今，也只能硬着头皮，抱着一丝希望前去询问。

　　我怯怯地走到葡萄园门口，看见一位慈祥的女主人正在门前忙碌。我小心翼翼地问她能否在这里吃饭。她抬起头来，看着我满头大汗、略显尴尬的样子，似乎瞬间明白了我的处境。令我惊讶又无比高兴的是，她爽快地答应了我的请求，并热情地邀请我们到屋里坐着。

　　不一会儿，桌子上摆满了可口的饭菜，香气扑鼻而来。女主人亲手做的菜肴不仅色香味俱佳，而且每一道菜都透露出浓浓的家乡风味。饥饿和疲惫在这一刻仿佛被那温暖的食物所化解，我吃着饭菜，心中充满了满足和感激。

吃完饭后，我带着感激的心情走到女主人身边，想要帮忙收拾桌子或清洗碗碟以示感谢。但她笑着摆摆手，坚持让我坐下休息。于是，我只好顺从地坐在她家的客厅里，享受着难得的舒适和宁静。

在这个特殊的日子里，虽然我没有收到精美的礼物，没有精美的蛋糕，也没有热闹的派对，却收获了一份意想不到的温暖和感动。这个生日，因为这段不期而遇的邂逅，变得异常珍贵和难忘。

午后的时光在闲聊中悄然流逝，老爸和我与女主人分享了我们骑行的故事，她也讲述了曾经在上海打工的经历。这样简单而真挚的交流，让我对生活有了更深的体会和感悟。

夕阳西下，我们告别了热情的女主人，继续我们的骑行之旅。虽然今天的骑行里程比平时多了一些，但这份意外的温暖和感动，让我觉得这个生日是那么的与众不同，意义非凡。

随着夜幕的降临，灌南县城上空的点点繁星闪烁不停，宛如无数颗钻石点缀在黑色的天鹅绒上。在这宁静祥和的夜晚，我站在这片陌生的地方，心中涌起了一股暖流，我默默地许下了一个愿望：愿未来无论遇到何种困难和挑战，我都能拥有今天这样的温暖和惊喜，这些都将成为我前行道路上那座不灭灯塔。

　　今天，我们原本打算直接前往李汝珍纪念馆，然而，当我们到达之时，却发现馆门紧闭，工作人员正在午休。虽然有点失望，但我们决定利用这个时间去探索周围的环境。我们找到了一家附近的小面馆，决定在那里吃午饭。

　　这家小餐馆装饰简单，空调开得很足，营造出清凉一夏的感觉。我们点了店里的招牌面条，我一边慢慢享受美食，一边玩着我的游戏。

　　在餐馆里，我看着来来往往的食客，每个人都好像有着自己的故事。有的客人急匆匆地吃完就走，有的则悠闲地坐在那里，享受着午后的闲暇时光。我想，这些人中是不是也有在等待李汝珍纪念馆开馆的人。

　　饭后休息片刻，我们便来到了纪念馆，高兴地发现已经开门了。而且，我们还遇到了很多由家长陪同的小学生，他们看起来也是来这里研学。据馆长说，李汝珍纪念馆是当地的爱国主义教育基地，每年都会吸引无数中小学生来参观学习。我觉得这很好，因为学习历史可以让我们更加了解过去，也可以帮助我们更好地面对未来。

　　在馆长的带领下，我们参观了纪念馆，并听了他关于场馆发展与修缮等方面的介绍。当我拿起那本馆长签名的《镜花缘》时，我感到十分激动。书中的每一个字、每一句话都让我仿佛穿越到了古代，体验着那些令人向往的传奇故事。

　　离开纪念馆的时候，我依依不舍。今天的经历让我学到了很多，也让我对历史和文化有了更深的认识。结束了短暂的参观，我们继续顶着烈日，骑上单车，继续感受着盛夏的热辣滚烫，充满期待地探索着新的未知。

　　不知不觉中，我们已经骑行七天，旅程也悄然过半。最大的喜悦莫过于骑着单车踏入了山东的土地，这让我感到无比的兴奋和自豪。

　　我们的骑行路线沿着204国道，这是连云港与日照的主要通道。老爸计划是骑到日照市五莲县，全程约110公里。但今天，我似乎没有以往的闯劲，反而有点磨蹭。不过老爸也没有觉察，或许他也很疲惫。

　　上午11点，我们就办理了酒店入住手续。午饭我们在酒店里点了外卖。我先是做了一些作业，随后便开始玩耍。玩耍是玩游戏——《我的世界》，也是我今天磨蹭的小伎俩。老爸要我出去吃晚饭，逛超市补充骑行供给，我都以大腿酸疼为理由，拒绝外出。我想留出时间，让我能够深度体验这款游戏。

　　今天的骑行距离不长，我们早早地便结束了行程，给了自己一个休息的机会。这样的安排，不仅让身体得到了恢复，也让心灵得到了放松。我相信，适当的休息是为了更好地出发，明天，我们将以更饱满的精神状态继续骑行之旅。

今天下午，我们在山东诸城"愉快地"骑车。尽管行程充满挑战，但也正是这些挑战赋予了骑行者难以忘怀的记忆。诸城这片土地，以其独特的地貌和道路条件，给骑行之旅带来了前所未有的体验。

诸城的路况的确不同寻常，高低落差之大令人惊叹。我们骑行的速度随着地势的起伏而剧烈变化。一会儿，我们不得不以 1 公里每小时的缓慢速度攀爬陡峭的上坡；而下一刻，当我们顺势而下时，骑行导航就会提醒我切入行车模式，车速达到了 50 公里每小时，风驰电掣般地冲下坡道。在这样的极端对比中，每一次踩踏都充满了挑战与刺激。

在诸城的这段路程中，我们见到的自行车数量寥寥无几。我的加上老爸的，整个诸城只看到了三辆自行车。除此之外，还有一辆破旧的自行车被遗弃在路边，无人问津。可见，自行车在这里不受待见。

在一个接近 40 度的陡坡上，我骑行的速度之快，让我感觉自己仿佛在飞翔。在这种极致的速度中，我沉浸在一种难以言表的得意与兴奋之中。那一刻，我仿佛超脱了尘世的束缚，心中充满了对速度与自由的追求。我甚至开始尝试用单手掌控自行车，那时的我完全沉浸在了自我的世界里，忽视了周围的一切，包括潜在的危险。

然而，事实证明，鲁莽的代价是沉重的。当我过于自信地用单手骑行时，我忘记了一个基本的事实：路不平，单手骑车极易失控。在一个不经意的瞬间，我突然发现自己正以惊人的速度向一个路桩冲去。慌乱中，我本能地猛刹前闸，但这却导致我失去了平衡，整个人从自行车上"飞"了出去。

空中的几秒钟，我感觉异常美妙，仿佛真的在飞翔。然而，落地的瞬间却让我痛苦不已。我的手脚都擦破了皮，疼痛迅速传遍了全身。这次摔跤让我彻底清醒过来，意识到了自己的大意和鲁莽。

我从地上爬起来，强忍着疼痛，检查了一下自己的身体。腿部的关节已经红肿了起来，但我并没有抱怨。因为我知道，这一切都是因为大意造成的。我拍拍身上的尘土，扶起已经歪斜的车头，眼中含着泪水，但更多的是坚定和决心。重新骑上自行车，我继续向着下坡飞快地骑了起来，尽管疼痛依旧，但心中依旧充满了对未来的期待和对自我的挑战。

这次经历虽然痛苦，但它教会了我谨慎和尊重自然的力量。我学到了一个重要的教训：无论多么熟练，安全永远是第一位的，任何时候都不应该掉以轻心。诸城的这段路程，将成为我骑行生涯中难忘的一页。我相信，在未来的日子里，无论面对什么样的困难和挑战，我都会铭记这次教训，以更加成熟和稳重的态度去面对。

今天，我们骑行的最大乐趣，竟然是在一场突如其来的暴雨中寻找避雨的地方。这场雨，让我感受到了计划与变化之间的微妙关系，也让老爸在朋友圈里引起了小小的热议。

午后，我们正计划着前往坊茨小镇进行参观，心中充满了期待。然而，天公不作美，一场暴雨突然而至，让我们的计划瞬间泡汤。老爸在朋友圈里发了一条状态，表达了他自己的无奈。没想到，大家纷纷留言说，老爸只有在骑行路上避雨的时候，才会发朋友圈。

我们在桥洞下等了很久，将近 1 小时。雨势如注，没有丝毫减弱的迹象。桥洞下聚集的人越来越多，大家都低头忙碌着玩手机，唯独有一位老者背手观察着雨势。这一幕，仿佛是现状的写照：能玩手机的都在玩手机，不能玩的只能看雨。

我不禁思考，规划的意义何在呢？一场大雨，就能让所有的计划化为泡影。但很快，我就意识到，规划的意义，或许就在于教会我们如何面对变化，如何灵活调整。

于是，我们调整了计划，放弃了参观坊茨小镇，选择冒雨前行 15 公里。沿着潍州路骑行，我们虽然被来往的汽车溅了一身泥水，但我们依然坚持向前骑行着。

这场雨虽然打乱了我们的计划，但也带给我们别样的乐趣。在雨中骑行，感受雨滴打在身上的感觉，观察雨中的景色，这些都是平时难以体验到的。而且，这场雨也让我更加深刻地理解了"计划不如变化"的道理。

晚上，我们到达了酒店，洗去了一天的疲惫和泥水。虽然今天没有去成坊茨小镇，但依然收获了满满的经历和感悟。

　　骑行的路上，我们总会遇到一些出乎意料的事情，它们有时会让人感到困惑，有时也会让心情变得复杂。在这些时刻，我时不时思考如何去安慰受情绪困扰的老爸，同时也会自我安慰。

　　今天，我们在骑行的过程中遇到了一些不礼让骑行者的汽车。它们在右拐时似乎总是急匆匆的，忘记了应该给予非机动车一些空间和时间。即便我们在非机动车道骑行，但总有一些不守规则的汽车在后面疯狂鸣笛，让我们为它让行。面对这样的情况，我们不能任由愤怒和不满占据我们的心，更不能破口大骂，因为这会影响我们骑行的心情。

　　我有时会尝试着从不同的角度来看待这个问题。我想，也许那些司机只是急于回家，也许司机有急事，也许他们并没有意识到自己的行为给他人带来了不便。当我这样想的时候，心情便逐渐平静了下来。

　　此外，我还会和老爸分享我的感受，一起讨论如何更好地应对这些情况。有时，仅仅是有人倾听，就能够让人感到宽慰。而有时，我们会一起开玩笑，用幽默来化解紧张和不快。这也是骑行能够坚持下来的重要原因之一。

　　我还发现，骑行本身也是一种很好的心情调节方式。当用力踩着踏板，感受着热风从耳边吹过，那些烦恼似乎都随风的方向而去了。骑行不仅锻炼了身体，也给了我们一个释放情绪的机会，一个专注当下的机会。

　　今天，在骑行的路上，我们穿插了一次小旅行——顺路去参观了杜受田故居。这个地方充满了历史的气息，让我感受到了一种与众不同的沉静和庄严。不过参观的人还真不少！

　　我们在故居里游览了一个多小时，慢慢走，慢慢看。每一处物件、每一幅字画、每一株花草都让我感受到了古人的智慧和艺术的精湛。然而，除了这些，还有一件事情深深吸引了我——一只受伤的小鸟。

　　在故居的后院，我注意到了这只小鸟。它的一只翅膀似乎受了伤，无法飞翔。它在地上挣扎着，试图重新飞向蓝天，但每次都以失败告终。我停下了脚步，观察着它，心中充满了疑问：它为什么不能飞？它哪里受伤了？它会不会死？我能做些什么让它变得安全？

　　我蹲下身，轻轻地靠近它，生怕惊扰到这个小生命。它警惕地看着我，但又似乎在寻求帮助。我考虑着是否能够将它抱起，带它回家照料，但很快我就意识到，我们不能带它一起骑行。如果我们这样做，不仅会给它带来更多的不便，也可能会影响我们的旅程。

　　我深知，有时候，爱是要学会放手。我不能因为一时的怜悯而忽略了现实的情况。于是，我在附近找了一个相对隐蔽且安全的地方，轻轻地将小鸟安置在那里，希望它能避开其他潜在的危险。

　　我站在那儿，久久不愿离去。我在想，这只小鸟的遭遇也许是它生命中的一个挫折，但挫折并不可怕，重要的是如何面对。这让我想到了自己，想到了骑行路上遇到的困难和挫折。不能因为遇到困难就放弃，也不能因为遭遇挫折就退缩。我们需要像这只小鸟一样，即使受伤，也要努力寻找安全的地方，努力恢复，再次展翅飞翔。

今天的经历，让我更加深刻地理解了生活的真谛。晚上回到宾馆，但我的心里仍然牵挂着那只小鸟。我默默地为它祈祷，希望它能早日康复，重新回到属于它的那片天空，犹如我骑行一样自由自在享受着大自然风光。

今天我在骑行的路上，经历了一次意想不到的挑战，它不仅让我学会了一项新技能，更让我体会到了成长的喜悦。

事情发生在我们骑行途中，老爸突然叫我停下。

他指着自己的自行车说："我的车爆胎了。你之前已经看我修过几次车胎，这次你来试试吧！"

我愣了一下，心里有些忐忑，回答说："算了吧，我不会。"

老爸带着既有命令的口吻又有鼓励的语气对我说："没事，你来试试！"

我极不情愿地拿起了老爸已经卸下的轮胎。车胎上的泥土和油污让我感到非常脏，我不愿意把它放到自己身上。我嫌弃地看着车胎，甚至把它扔到了一边，抱怨说："我不弄，太脏了。"

老爸却坚定地看着我说："你快点！"

我轻轻叹了口气，心里虽然不情愿，但知道肯定是躲不过，只能试一试。

我转着车轮，仔细检查车胎哪里漏了气。突然，我发现一根铁丝直直地插在车胎里。我问老爸："那该怎么把它拿下来呢？"

老爸简单地说："用手！"我皱了皱眉头，嫌弃地把那根铁丝拔了出来。

接着，我开始卸下外胎，拿出内胎。我从包里拿出新的内胎，装在车轮车槽里，然后再套上外胎，最后将车轮安装好。

没想到，在老爸的指导下，我竟然顺利地换好了车胎。我十分得意，因为学会了一项新的技能。

这次经历让我意识到，很多事情看起来很难，甚至让人畏惧，但只有亲自尝试，才能知道自己能否做到。我也明白了老爸让我换车胎的深意，他不是要我做我不愿意做的事情，而是在教我如何面对困难，如何学习新技能。

晚上，我躺在床上，回想今天的经历，感到非常满足和自豪。我知道，这次换自行车内胎的经历，将会成为我成长道路上的宝贵记忆，也会激励我在未来的日子里，勇敢地面对更多的挑战。

晚上，办好入住，洗好澡后，我就躺在了床上。老爸忙着与大舅联系，便没空关注我了，于是我就明目张胆地玩起了游戏。

老爸还发了一条朋友圈：距离北京还有20公里，明天我们将轻松地为今年的三伏天骑行画上句号。渡过长江，跨过黄河；摔过跤，受过伤，流过泪；穿过苏鲁冀津，终将进京。这一路，多少沟坎，虽有我随行，但路还是需要你努力前行……用老爸这条朋友圈发布的内容，填充一下我的日记。

老爸的这段文字，是他的感受，也是我的想法。我感到一种难以言喻的满足和自豪。这次骑行，不仅是一次身体上的挑战，更是一次心灵上的成长。它教会了我们坚持，教会了我们勇敢，更教会了我们理解和支持。

明天，我们将到达北京，为这次骑行画上圆满的句号。但我知道，这并不是结束，而是一个新的开始。未来的路上，还会遇到更多的挑战，但我相信，我能行。

终于骑到北京了!

为期十四天的骑行之旅,对我来说,不仅仅是一次简单的旅行,它更像是一段浓缩的人生体验。在这段旅程中,我经历了无数的起伏与变化,每一天都充满了未知与挑战。

骑行在路上,我遇到了各式各样的惊喜。有时,当我累得几乎快要放弃的时候,会突然遇到一个下坡路,让我可以放松一下,享受风的呼啸和速度的快感。或者在一个看似平凡的转角,突然遇见一片令人震撼的风景,那种美,足以让人忘记所有的疲惫与困顿。

然而,生活总是不可预测的,沉浸在得意之中时,常常会有意想不到的困难出现。比如一个突如其来的陡峭上坡,或是一阵猛烈的暴雨,这些都需要立刻调整心态,迎接挑战。这些经历时时提醒我,无论处于什么样的境况,都不能掉以轻心,必须时刻准备应对各种可能发生的情况。

骑行教会了我乐观的重要性。只有保持积极的心态,才能在逆境中找到出路,不在困难面前感到绝望。同时,骑行也教会了我在得意时不要忘形,要在顺境中保持警觉,避免乐极生悲。

这十四天的骑行,不仅仅是一次对身体的挑战,更是对心灵的洗礼。它让我学会了如何在变化中找到前进的力量。每一次踩踏,都是我对生活展开的一次次深度探索,促使我对生活的理解愈发深邃。每一个上坡和下坡,都如同生活中的起起落落,让我学会了坚持与适应。

2020 年篇

今年没有骑行，在家里过了生日，但是我心里总是说不上来的感觉。我坐在书桌前，翻着老爸的骑行日记，想着怎么完成老师布置的作文。

夏日的阳光如同熔银般洒落人间，骑行在炽热的公路上，我与老爸共享着一段深刻而难忘的旅行。去年盛夏，我们踏上了为期 14 天的骑行之旅，那是一段充满磨炼与快乐，也是充满挑战与成长的旅程。

去年 7 月 15 日，骑行的第一天，太阳毫不留情地烧灼着大地，正午时分更是威力四射，无法引起它对我们这些路人的一丝同情。老爸和我都被汗水浸湿了衣衫，却仍不停地向前骑。在前往渡口的路上，我们怀着忐忑的心情，担心轮渡是否运行。到达后，得知轮渡是全天候运行的，让我们悬着的心终于放下。然而下车后的景色却让我们更加担忧，一片荒凉，不见人烟。

几天的骑行中，我们经历了诸多考验。在诸城，路线起伏不定，时而艰难上坡，时而疾速下坡。在那几乎垂直的坡度中，我体验到了速度与激情，却也因一时的鲁莽而摔倒在地，手脚都受了伤。疼痛之余，我意识到了自己的大意，也学到了教训。

生日这天，我本希望能轻松度过，但命运似乎并不眷顾。尽管多骑了一些路程，中午找不到用餐之地，又让我心生怨气。不过，偶然间我们发现了一个葡萄园，并受到女主人的热情款待，品尝了美味的午餐，让这个生日变得特别而有意义。

那十四天的骑行，是一段浓缩的人生体验。生活中既有惊喜也有惊吓，它在你绝望时给予你惊喜，在你得意时给你警醒。骑行教会我要准备好面对生活的各种可能，保持乐观的态度，这样才不会在逆境中绝望，也不会在顺境中骄傲。

　　我喜欢骑行，因为它不仅是一种运动，更是一种探索和体验世界的方式，它让我懂得了坚持与韧性，也让我看到生活的美好与希望。在未来的日子里，无论遇到什么困难，我都会像骑行时一样，勇敢地面对，积极地前行。

今日，完成了一场极为精彩的骑行冒险。从家里出发，直至徐家汇的美罗城，随后又返回家中。

清晨，家人的鼓舞令我激情澎湃，迅速而有序地准备了骑行装备。我细致地检查了自行车的轮胎、制动系统及链条，确保一切运行正常。尽管外界环境的不确定性使我们的计划受阻，但家人的支持赋予了我独自出行的勇气。

我沿着熟悉的沪闵公路启程，阳光透过树叶的缝隙，斑驳陆离地洒在地面上，为骑行之旅增添了几许诗意。我穿越了喧嚣的街道，经过了宁静的公园，体验着这座城市的生活节奏。

骑行约两小时后，我抵达了美罗城。在那里稍作休息，并在街头欣赏了这座现代化建筑的壮丽景色。我还使用手机捕捉了几张照片，记录下了这次骑行的轨迹。

休息完毕，开始返程。尽管身体略感疲惫，但心情极为愉悦。回到家后，我仍然感到意犹未尽。

2021 年篇

今天，我怀着激动的心情，正式开启了今年的暑期骑行之旅。这不仅仅是一次简单的骑行，更是一次心灵的释放和自我挑战的机会。作为一名即将升入初三的学生，我深知接下来的一年将是充满挑战和压力的一年，因此，我更加渴望这次骑行能够放松自我，重新找回内心的平静和力量。

今年年初时，我和老爸满怀憧憬地计划着一次前往广深，甚至港澳的骑行之旅。我俩在地图上查阅了无数次线路，考虑诸多不确定的因素，沿海骑行，会有台风等制约着骑行，我们要思考如何做好备选方案。当然我们希望通过这次旅行，不仅能够欣赏到沿途的美景，更能够开阔视野，增长见识。然而，种种原因让我们只能放弃这条骑行线路。虽然心中有些遗憾，但我理解，有时候，必须在理想与现实之间做出选择。

后来，还有一条骑行线路，即向着井冈山骑行，致敬建党100周年。其实这个想法让我感到无比自豪和激动。然而，考虑到这条路线长达1 000多公里，骑行日程长，再加上我即将进入初三，我们不得不再次调整计划。在理想与现实的权衡中，我们最终决定骑行至南昌爷爷家。虽然这次骑行的路程较短，但它依然是一次宝贵的经历和挑战。

作为一名初二升初三的学生，我对未来充满了期待，同时也不免有些焦虑。初三意味着更多的学习任务和压力，我渴望能够在这次骑行中找到放松和释放的机会。

骑行不仅仅是一项运动，长途骑行更是一种精神的锻炼。在骑行的过程中，我将面对各种挑战，如体力的极限、天气的变化、路线的选择等。这些挑战将考验意志力、应变力，也将帮助我更好地准备迎接初三的挑战。

今天，我正式踏上了骑行的旅程。虽然这次的目的地并不是最初的梦想，但我依然充满了期待和兴奋。相信，这次骑行将带给我许多宝贵的经历和收获。

　　7月6日，初夏清晨，我们迎着第一缕阳光，踏上了暑期骑行的旅程。昨夜一场大雨，虽然带来了些许凉爽，但雨后的空气中仍旧弥漫着夏天特有的闷热。

　　6点30分，我们出发了。车轮下，湿润的马路反射着晨光，昨夜的雨水留下了它们的足迹，让这个清晨更添了几分清新。然而，初夏的热气并未完全退去，空气中依然闷热，仿佛在提醒我们，即便是雨后，夏天炎热的威力也依旧不减。

　　马路两旁，树木在雨水的滋润下显得更加鲜绿，树叶上的露珠在晨光中闪烁，像是点点繁星。阳光穿透树梢，洒在身上，带来一阵阵暖意。但随着太阳逐渐升高，那份凉爽渐渐被炎热取代，我们能感觉到背上开始出汗了。

　　在这初夏的清晨，我和老爸的冲突也随之而来。他希望我们能加快行程，而我却心系着与同学们的约定——去南湖革命纪念馆拍照留念。昨晚，我满怀激情地向同学描述了骑行计划，那时心中便充满了期待。但好像老爸要让我的计划泡汤了，我怎能失信于我的同学呢？

　　老爸在前面骑行，我虽百般不顺从，但还是不紧不慢地跟在他的身后。心里的焦虑和不安让我难以平静，我总想着去南湖革命纪念馆拍照。老爸催促我快些的时候，我还是有气无力的那般骑行。最终，老爸妥协了，让我在前带领前往纪念馆。

　　站在南湖革命纪念馆前，我感到了一种难以言喻的喜悦。我不仅实现了对同学的承诺，更在这次骑行中学会了坚持和勇气。我兴奋地拍照、摄像，记录下这难忘的时刻。虽然我没有让自己出现在镜头中，但我知道，这些照片和视频将会是我与同学分享的宝贵记忆。

这次骑行，让我深刻体会到了坚持和努力的价值。从初夏清晨的凉爽与闷热，到与老爸的争执，再到最终实现承诺的喜悦，每一步都充满了挑战和成长。

今天，7月7日，我们继续沿着305省道在富阳区骑行。夏日的阳光炙烤着大地，尽管现在是在初夏，但正午的炎热已经让人感受到了盛夏的威力。下午1点15分，我们到达了平畈村，这里没有餐馆供我们用餐和休息，我们只能选择在一家便利店暂时避避暑气，补充能量。

在便利店里，我们买了一些简单的食品和饮料。这里既是我们的休息地，也是临时餐厅。我拿着手中的面包和矿泉水，找了个角落坐下来，准备享受这个特别的午餐时光。

就在我准备开吃的时候，我注意到老爸似乎有些不适。他没有食欲，只是静静地靠着椅子，不久就眯起了眼睛。我心里一紧，赶紧走到他身边，轻声询问他的感受。老爸微微睁开眼，笑着说"没事"，让我不要担心，自己好好吃饭休息。

尽管老爸这样说，我还是不放心，开始像我小时候他照顾我一样关照着他。我递给他水，又给他送了些面包，希望他能舒服一些。老爸的脸上露出了欣慰的笑容，嘴上却一直说着"没事"，让我自己去吃饭、休息。

在老爸眯着了的时候，我在一旁玩着小游戏，偶尔看看B站的视频，放松心情。但每隔几分钟，我都会不自觉地抬头观察一下老爸的情况，生怕他有什么需要而我却没有注意到。

我们休息期间，一位当地居民走了进来，他的眼神中充满了好奇和友好，向我提出了一个问题："从哪里骑过来的呀？"

这个问题虽然简单，却让我短暂地停顿了一下。我看了看老爸，转过头，带着一丝自豪，回答那位叔叔："我们从上海出发，已经骑行了2天。"

叔叔的脸上露出了惊讶的表情："上海啊，那距离可真是不短！你们这是要骑到哪里呢？"我接着解释说，我们的目的地是南昌爷爷家，一方面是为了探亲，另一方面也是为了体验这次骑行旅行。

叔叔听后，不禁赞叹："真是勇敢的孩子和父亲！这么热的天，骑行这么远的距离，不容易啊。"他的目光中流露出由衷的佩服和敬意。这种来自陌生人的认可和赞赏，让我感到非常温暖和鼓舞。

这位叔叔的询问和赞赏，让我深刻感受到了旅途中人与人之间的联系和温情。他的每一个问题和每一句关心的话语，都让我感到骑行之旅不只是一次简单的旅行，更是一次心灵的交流和成长。

这个初夏的正午，虽然有些闷热，但短暂的休息给我们带来了一些力量和凉爽。看着老爸逐渐恢复精神，我的心也慢慢放了下来。在旅途中，既有亲情的相互关照，也有陌生的温馨赏识，这些带来的温暖与力量，让我深刻感受到了彼此关照的意义。

大约下午2点，老爸精神了许多，我们决定再次出发。在离开便利店前，我再次检查了装备和补给，确保一切就绪。虽然外面的阳光依旧炽烈，但我们的心中充满了力量和希望。

在这个初夏的夜晚，我想要记录下我对骑行的热爱，以及它给我的生活带来的深远意义。骑行，这项从小陪伴我成长的活动，不仅赋予了我自由和快乐，更随着我年龄的增长，成为一种探索世界、探索自我的方式。

今年，我和老爸计划了一次前所未有的骑行旅程——从上海到南昌，跨越 770 多公里的距离。这是一次对我们身体和意志的双重考验，也是一次心灵的成长之旅。

今天，我们原计划骑行 120 公里，但早晨的晚起打乱了我们的节奏。上午，我们只完成了 40 公里的骑行，下午虽然我们加快了速度，却也只完成了 50 多公里。太阳落山后，我们仍还有 20 多公里的路程。

晚上 6 点，我们踏上了前往宾馆的路。夕阳的余晖渐渐退去，夜幕降临，我们依靠着自行车上的灯光在黑暗中前行。周围一片寂静，没有路灯，没有村庄，只有偶尔的虫鸣和乌云下的星空伴随着我们。

山路上的坑洼和石头让我们不得不小心翼翼，而来往的车辆更是增加了我们的紧张感。在这无尽的黑暗中，我感到了前所未有的压迫和无助，但内心深处有一股力量在涌动着——那是过去经历中积累的勇气和坚持。

回想起我们以前经历过的狂风暴雨、炎炎烈日，以及逆风前行的挑战，我重新找到了勇气。曾克服了这么多困难，这次也一定能够坚持下来。

经过一个小时的夜骑，终于到达了宾馆。洗去一天的疲惫，躺在床上，我心中充满了自豪，对自己说："我做到了！"

骑行不仅仅是一种身体上的运动，它更是一种精神和意志的磨炼。在骑行中，我学会了坚持和勇敢，体验了成长和学习。每一次骑行都是一次新的探险，让我更加珍惜自由和生活的美好。

愿未来的日子里，我能够继续骑行，继续探索，继续成长。无论是在星光下的夜骑，还是在阳光灿烂的大道上，我都将带着勇气和热爱，迎接每一个新的开始。

今天，我想记录下骑行途中所遇到的一个特别场景——一顿不同寻常的早餐。这顿早餐既不在传统的餐馆里，也不在路边的小店里，而是来自一辆具有地方特色的流动早餐车。

清晨，在县道星下线的张家湾三桥路边，意外地发现了这辆早餐车。起初，它从身边经过时，我们以为只是一辆普通的轿车，直到听到车主用方言叫卖的声音，我们才意识到这是一辆售卖早餐的流动车。看到有人从车上买了油饼、包子，我们便决定尝试这顿具有地方特色的早餐。

早上 7 点 30 分，我们站在马路边，享受着这顿简单却充满特色的早餐。油饼的香脆和包子的鲜美，让我们感受到了当地食物的风味。同时，我们也和早餐车的车主简单聊了几句，感受到了当地人的热情和勤劳。这种入乡随俗的体验，不仅丰富了旅程，也让我们更加深入地了解了当地的风土人情。

在接下来的骑行路上，几次偶遇这辆早餐车。车主每次见到我们，都会用喇叭热情地向我们打招呼，让我们感到非常温暖和亲切。

在吃早餐的过程中，我不小心掉落了一个小包子，心中涌起了一股可惜之情，甚至产生了想要捡起来再吃的冲动。这时，一位老大爷加入了我们，他不停地询问我们的行程和计划。老爸一边吃着早餐，一边和老大爷聊天。老大爷告诉我们，再往前骑行不远就将进入江西界。而我，埋头享受着心爱的早餐，听着他们的谈话。

骑行中的早餐，我们追求的是方便和实际，不刻意追求环境或形式，而是入乡随俗，体验当地的生活。这种体验，不仅是一种对生活的探索，也是对自我习惯的一种调整。有时候，早餐可能是精致且营养均衡的；而有时候，可能仅仅是为了充饥。但无论怎样，每一餐都是我们在旅途中的重要补给，都是我们骑行故事的一部分。

通过这次骑行中的流动早餐体验，我学会了珍惜每一份食物，体会到了生活的多样性。我相信，这些经历将帮助我在未来的日子里，更加包容和欣赏不同的生活方式，无论是在骑行的路上，还是在生活中的每一个角落。

　　今天，7 月 10 日，是这次骑行之旅的倒数第二天。随着旅程的接近尾声，我的心情既兴奋又复杂。兴奋的是，我们即将完成这次挑战，复杂的是，还没有到达爷爷奶奶的家。

　　当我们到达了余干县的芡实交易中心时，决定在这里短暂休息，享受片刻的凉爽。余干县被誉为中国芡实之乡，这里的莲、藕、菱、芡不仅是湖畔居民餐桌上的常客，也是他们喜爱的天然零食。这些美食得益于鄱阳湖的自然环境和气候特征，它们在这里生长得格外茂盛。

　　军山湖的水质纯净，水产品丰富，尤其是这里的清水大闸蟹，让我大开眼界。此前，我并不知道军山湖大闸蟹的名声，但这次骑行经过三阳集乡，我发现了许多大闸蟹店铺，它们的存在见证了当地养蟹业的繁荣。在继续骑行的路上，我们还意外地发现了一块"666"里程碑。这不仅是一个数字，更是一种吉祥的象征，仿佛在告诉我们：尽管骑行的路途遥远，但每一步都充满了希望和好运。哈哈，可能还意味着我接下来的中考能来一波"666"。

　　根据昨晚网上的查询一家民宿信息，我们到达了这家民宿。我对这家民宿的环境十分失望。民宿周围是广阔的农田，收割机在田里忙碌地收割着水稻，虽然这里的自然风光让人心旷神怡，但我们还是希望能找到一个更加舒适、便利的地方休息。

　　我决定不在这里停留，继续前行寻找心仪的宾馆。我希望找到一个至少有 Wi-Fi 的宾馆，这样晚上可以与家人和朋友保持联系，分享我们的骑行经历。最终，在骑行了大约10公里后，我们找到了一家满意的宾馆。

夜幕降临，我们终于可以放松下来。回想今天的骑行，虽然有些疲惫，但心中充满了成就感。

今天的经历让我深刻体会到，无论旅途多么遥远和艰难，只要有目标和决心，就能找到前进的方向。同时，家人的关心和支持也是前行的动力。我期待着明天的骑行，期待着与爷爷奶奶的团聚。

今天的骑行，不仅是对身体的挑战，更是心灵的洗礼。我相信，这些经历将帮助我在未来的日子里，更加勇敢地面对生活，更加珍惜每一次与家人团聚的时光。

今天，是充满挑战与温情的一天。因为晚起，我和老爸的计划被迫做了调整，我们匆匆洗漱，急忙打点行囊，心里不停地盘算着如何利用剩余的时间，完成今年的骑行归家之旅。

我和老爸心里盘算着：鄱阳湖平原地势平坦，没有爬坡路；今天风不大，我们应该能加快速度……这段路是我们一家四口自驾回老家的必经之路，车少路平。骑行的话，也应该很快的。不过对于我来说，不太希望那么快骑到爷爷家，而老爸希望快点，再快点，因为他着急赶回上海处理工作上的事情。

虽然今天是头伏的第一天，最高温度达到了 36℃，估计地面温度更高。但我们俩一路不停歇，3 个小时内完成今年骑行的最后几十公里，顺利地抵达了爷爷家。

一路上，我们紧赶慢赶，忽略了沿途的风景，只为了能在中午 12 点前到达。我们的路线与自驾回家的线路高度重合，这让我感到了一种莫名的亲切和熟悉。

事前没有告诉爷爷我们是骑车回家，当我们到达时，就看到爷爷在家门口焦急地等待着。他没有注意到眼前这两个风尘仆仆的骑行者就是他要迎接的人。那一刻，我感到了一种难以言喻的情感——我们给了爷爷一个大大的惊喜。

当我们摘下头盔，爷爷才认出我们，他的脸上露出了惊讶和欣喜的表情。奶奶听到动静后也走了出来，她的眼中闪着泪花，激动地抱住了我。我看到爷爷奶奶脸上的皱纹，感受到了他们对我的深深思念和牵挂。

说实话，我们成了真正意义上的赶路人。但当我看到爷爷奶奶脸上的笑容，所有的疲惫和辛苦都变得微不足道。我感到了一种深深的归属感和幸福，这是骑行带来的另一种收获。

次日（7月12日）凌晨，我和老爸乘坐高铁抵达了上海。虽然我们的归家之旅匆忙而短暂，但这次经历却给我留下了深刻的印象。在高铁上，我回想着爷爷奶奶的笑容，心中充满了感激和思念。

这次骑行归家之旅，虽然时间紧迫，但我们实现了自己的骑行目标，也收获了家人的惊喜和感动。我相信，这些经历将成为我宝贵的记忆，激励我在未来的日子里，无论遇到什么困难和挑战，都要勇敢地追求自己的梦想。

2022 年篇

又是一个周末，又要写作文，我坐在书桌前，翻着老爸的骑行日记，寻找着命题作文《比看上去更有意思》的灵感，于是跑题般写下了如下的文字。

夜幕下的骑行：在挑战中寻找光明

骑行，对我而言，早已超越了一项运动，它是一种探索，一种学习，一种成长。今天，我想要记录下那些在夜幕下的骑行，以及它们带给我的深刻感悟。

去年暑假　上海至老家　770公里的旅程

那是一个充满挑战的暑假，我和老爸踏上了从上海到老家的长途骑行。每天从清晨六点到傍晚六点，我们与自行车为伴，穿越城镇与乡野，历经酷热与疲惫，却也收获着路途上的风景与故事。

黄昏时分的美妙骑行

记得有一次，在黄昏时分，我们骑行在乡间的小路上。夏日的炎热渐渐退去，凉爽的晚风轻拂脸颊，带来了一丝丝的舒适和宁静。夕阳的余晖洒在道路上，我感到了前所未有的平静和自由。

夜幕降临时的恐惧与坚持

然而，随着夜幕的降临，那份宁静被黑暗和孤独所取代。

我们骑行在没有路灯的山路上，只有自行车微弱的灯光指引着前行的方向。坑洼不平的道路，不时出现的石头，以及偶尔擦肩而过的汽车，都让行程充满了不确定性和危险。

在黑暗中，我感到了恐惧，感到了自己的渺小。汗水湿透了衣衫，心中的怨言被夜色吞噬，我唯一能做的就是紧紧跟随在老爸身后，用力蹬踏着自行车，希望尽快结束这段艰难的路程。

在困难中寻找成长的力量

但正是这些困难，让我学会了坚持和勇气。每一次的骑行，都是对身体和意志的考验，也是对自我的超越。我学会了在逆境中寻找力量，在黑暗中寻找光明。

去年暑期的骑行之旅，其实我面临了更多的挑战——夜骑山路、酷热暴行、连续上坡……每一次的困难，都让我更加深刻地体会到生活的真谛。我放下了课本，骑上了单车，走进了山间田头，体验了现实中的生活，收获了一段段特别有意思的回忆。

骑行、学习、人生——勇气的力量

正如温斯顿·丘吉尔所说："没有最终的成功，也没有致命的失败，最重要的是继续前进的勇气。"骑行如此，学习如此，人生亦是如此。在骑行中，我学会了坚持，学会了勇敢，学会了在困难中寻找成长的力量。

我要感谢这些骑行的日子，它们让我更加深刻地理解了生活，更加珍惜每一次的挑战和成长。我相信，无论未来的路有多么崎岖，我都有勇气和力量去迎接它们。

2023 年篇

早在暑假刚开始，我就和老爸提议要骑行。但是，暑假渐渐过去，我也把这件事放在了脑后。然而，到了开学的前一周，在依然有一堆作业还未完成的情况下，老爸却提出了要骑行的想法。虽然我不太愿意牺牲自己宝贵的时间来骑行，但是考虑到这次骑行是和浩子弟弟相约出行的，我还是一同前去了。

　　没想到，一开始就状况不断。我们从家中出发，前往上海交大闵行校区接上浩子弟弟，准备开始我们三人的骑行。阳光明媚，微风拂面，一切都预示着这将是一次美好的经历。

　　然而，骑行了不到 5 公里，浩子弟弟的自行车便出现了异常。在老爸的检查下，我们发现这辆车竟然无法调挡，导致浩子弟弟的车速始终无法改变，只能保持较低的车速出行。这让我们原本计划一天骑行 100 公里的行程变得遥不可及。

　　这次骑行是老爸第一次同时带两个孩子，他的压力特别大。他找到的发泄压力的方法就是把怨气撒在我头上。当我骑在最前面时，他会说："你骑那么快干什么，你骑得快就显示出自己的能耐来了？"如果我骑在他们中间时，他又会说："你骑骑在我们中间的话，你要确定浩子弟弟跟在你后面了。但你就一直只顾自己骑！要学会照顾浩子弟弟。"而我骑在最后面垫底时，他又会说："我一说你，你就来脾气是吧，落在最后是连浩子弟弟都赶不上吗？"

　　在老爸不断的压力下，我一怒之下抛下了他们，按照自己的速度往前骑。骑了一个多小时，发现先于他们太多了，我便在原地等待。不承想，他们居然过了半个小时才来。我心中突然掠过了一丝自豪感，看来几年的骑行没有白费，我的耐力和体力都得到了很大的提升。

　　后来，我们终于到达了酒店。进了酒店一看，我们现在距离目的地还有 40 公里，而以老爸和浩子弟弟的状态来看，显然他们明天是无法再继续行动了。我和老爸不约而同想到了可以让我自己一个人去到这次骑行的目的地。

今天的经历让我意识到，骑行不仅是一次身体上的挑战，更是一次心灵上的历练。我学会了如何在压力下保持冷静，如何在挑战中找到自我。

我踏上了一段只属于我一个人的骑行之路。昨天，我们三个人一起经历了一段难忘的骑行旅程。今天，我决定独自骑行至浙江大学海宁国际校区，总计40多公里。对已经经历了多次骑行的我来说，这些距离还是不在话下的。

清晨，我便起床准备早餐。我显得异常兴奋，眼中闪烁着对即将到来的挑战的期待。老爸尽力掩饰他的担忧，鼓励我，也告诉我要安全第一，有问题再联系等。然而，当我骑上自行车，挥手告别时，我能感受到他眼中的不舍。

我选择了一条乡间小路，这条小路蜿蜒曲折，穿过了金黄的麦田和绿意盎然的农田。我知道这条路线更加接近自然，更加享受骑行的过程。我想象着自己在乡间小路上骑行的情景，心中既期待又激动。

在宁静的乡间，我能听到鸟儿欢快地歌唱，感受到微风轻拂的清爽。这些体验让我更加享受骑行之旅。我想象着自己经过一个个村庄，那里的居民好奇地看着我和我的自行车，猜想着我的来意。

大概3个多小时后，我安全到达了目的地——浙江大学海宁国际校区。我在那里拍照留念，记录下了这次特别的旅程。站在校园里，我感到了一种前所未有的成就感。

暑期，校园餐厅未开放，于是我在校外找了一家小餐厅吃中饭。我在那里休息了一会儿，补充了体力，准备着下午的返程。我知道，返程的路上我将再次独自面对各种挑战。

傍晚时分，我安全地回到了宾馆。带着满身的疲惫和平静，我向老爸讲述了骑行经历。看着他欣慰的样子，我心中的自豪感油然而生。我不仅完成了这次独自骑行，还在这个过程中学会了独立。

今天，是我们骑行之旅的最后一天。从嘉兴市平湖市出发到达上海市闵行区。

早上 7 点 30 分，我们便从宾馆出发，踏上了返程的路途。我们沿着熟悉的道路骑行，趁着阴天的凉爽，我们奋力骑行。骑到金山区的时候，我想享受独自骑行的乐趣，于是不得不做出一个决定——我将独自从松江区返回闵行区，而老爸和浩子弟弟从奉贤区进入闵行区。

9 点 30 分，在金山区秦弯路钱圩学校附近，我们三人停了下来。我看着老爸，眼神中透露出一丝坚定：我从这里骑车回家，距离短了不少！老爸看着我，眼中虽有点担忧，但估计想到昨天我独自骑行至浙江大学海宁校区的经历，默默地点了点头，表示同意了我的决定。

今天，没有老爸的唠叨、浩子的牵绊，我骑行得更加从容自如。昨天的经历，让我变得更加独立和自信。我相信自己已经能够应对骑行中可能遇到的各种情况。与老爸分别后，我骑行了 45 公里，花了 3 小时不到的时间。一路无话，直接到家。

今年骑行之旅结束了，但我相信，这次经历将在我们的记忆中留下深刻的印记。我的成长和变化，让老爸感到了无比欣慰和自豪。

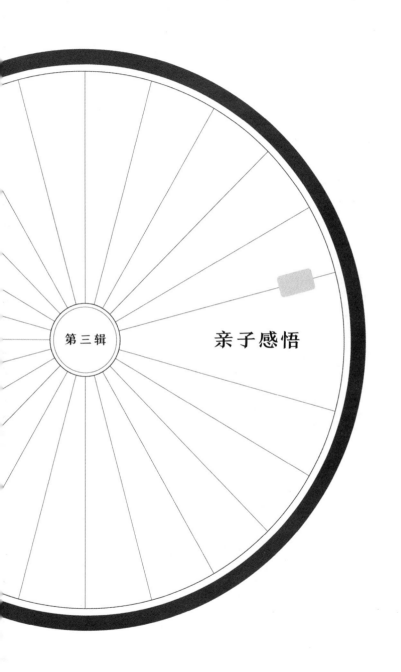

第三辑　　　亲子感悟

父亲的收获

骑行——探索比控制更重要

骑行是什么？虽然骑行了这么多年，但我确实不知道骑行到底是什么。不过现在想着骑行，依旧能让自己着迷，思绪中不由自主地出现在那炎炎的夏日，我与恪恪在长长的道路上不快不慢骑行的画面，这有一种心流之感。其实骑行给我带来最大的感受就是探索。骑行是体验生活、感受社会、探索自己、突破自我……而不是控制方向、规划线路、设计目标。我俩能一直坚持暑期骑行，关键在于它让我们有机会遇见不一样的自己，这就是我俩能够坚持的重要原因。

平日里，父子之间冲突并不少。观念的不同、习惯的差异、年龄的代沟……这些都是冲突的根本原因。每次的暑期骑行，我俩的冲突总会在某几天爆发出来。四目相视两生厌，剑拔弩张，硝烟弥漫，很多情况都是通过妈妈远程调控而解决。今年，妈妈虽身在老家河北，但心一直陪伴我们在骑行路上。最重要的是，虽然我们之间起了摩擦，但我们还是要共同面对，直面问题寻找解决方法。所以我们始终在路上相互交流、彼此了解。

情感交流的平台

骑行作为一个父子共同的兴趣爱好，使我们之间有了很多共同的话语、体验。有时候很多对话不需要更多的铺垫就能直接切入进去。记得恪恪在考试失利的时候，我俩分析其失利原因时，我们以骑行为契机，更好地实现了情感交流。学习犹如骑行，首先需要对自我设定一个目标，而且这个目标不是空中楼阁，都应是实实在在能够实现的。其次需要对设定的目标持续努力。再容易实现的目标，没有不断努力，也是形同虚设的。罗马不是一天建成的，目标也不是一蹴而就的。最后，需要有点吃苦耐劳的意志。我们除了有目标和持续努力之外，还需要有点微痛之感，这种微痛可能让我们走出舒适区，走向自我成长的道路上。将学习与骑行结合起来，可将父与子之间的距离拉近，也容易进入情感联结之中。

相互了解的平台

在骑行过程之中，一周、十天、两周，我俩一起朝着目的地，一起想办法解决困难，一起自我突破。2018年完成了苦难重重的首次体验，实现了身体和心理上的突破。2019年实现长距离的突破，2021年实现山路爬坡的突破，每次突破都是在一番思想的挣扎与心灵的洗礼之后才水到渠成的。2018年暑期，我了解恰恰内心深处有着自己懵懂的渴望，2019年暑期，我深深地感受他那种不畏惧、不退缩的冲闯精神。2021年暑期，我看到了他那份根植于内心的执着。至于恰恰对我的了解，从其作文中还是可见的。

自我探索的平台

每次骑行都有着不同的体验、不同的突破。自我探索最好的形式就是自我突破。每次的突破都让我们成为彼此的支撑，而不是彼此的"猪队友"。长距离跋涉、持续地爬坡、阡陌的夜骑……会产生胆怯的退缩，不过我们都会选择继续前行。父子彼此成就，这种成就不是为了对方而放弃自己的成长，而是实现我们的登峰体验，是战胜自我的喜悦。我选择骑行，感受到了从"父亲-我-儿子"之间的代际相承：温暖的坚持、长期的努力……

其实我不知道我俩骑行能够持续多久，但我深知骑行将会是我俩永远会探讨下去的话题。

骑行——完成比完美更重要

在父子骑行过程中，亲子之间应相互探索，而非掌控、控制，更不是以爱之名进行情感绑架。每次骑行，我们总有打退堂鼓的时候，但又在相互勉励之下，继续坚持前行。

每当有人问我们："是不是每次骑行都是做好了缜密的考察、完美的计划？"起初，我会很耐心地解释，并描述了当年骑行的情况。我一番唾沫星子横飞之后，问者有些怅然若失。我也似乎知道了问者所希望的答案。再后来，有人问我，我索性就不解释了，只是频频地点头。因为我觉得问者的内心或多或少会觉得不做好充足的准备怎么能启程。很多人认为只有精心的准备、完美的计划，才能完成一次长途的骑行。其实并不尽然。有时计划得很丰满，但现实却很骨感。有时也会只在意追求准备的完美，而最终忘却了前行的步伐。拖延症患者、完美主义者，就不宜过多准备了，可能需要那种"说走就走"的决绝。

万无一失的准备并非骑行刚需

万无一失的准备是完美的追求，也是难以达到的。但是骑行的基本需求是要准备的。骑行的安全装备是必需的，还有随行必需品，当然骑行者安全意识最为重要。其他的物品，我个人觉得就没有那么必要了，一是有很多东西是可以在骑行路上随时补给的；二是万无一失的准备会少了探索的乐趣和意外的惊喜。

其他人的准备情况，我不太了解。或许不同线路，需要不同程度的计划，不一样的准备。不过我们这几年的骑行准备并没有大家想象中那么多。我们一般确定了终点目的地后，便简单准备一下，骑上自行车开始我们的骑行。所谓简单准备只不过就是准备换洗的衣物、钱而已，后来我们钱也不用准备了，手机支付支持全国通行。三次长途骑行，我认为过度的准备，会让自己旅行难承其重的。

2018年，我们带了一些换洗衣服和一点零钱，开始骑行。当时骑行用的自行车都是借恪恪干爸淘汰的二手山地车，连内胎都没有准备。不过现在想一想是有点后怕的。

2019年，依旧还是那两辆自行车，不过车身好几个部位都能发出铃铛般的响声，还备了4条内胎和补胎工具等。

2021年，在没有妈妈的提醒下，我们准备得略显狼狈，不过还是如期到达终点。

成功的达阵，始于一步步的前行

慢节奏的骑行，骑行者能够很好地感受到当地风土人情。有时，我俩会停下来歇息，并观察周围。2019年暑期，恪恪骑行路上捡了一路打火石，还总结出规律：什么样的马路可以捡到废弃的打火机，什么样的马路根本捡不到。现在，正值初三学习阶段的恪恪，心中总是怀揣着一种迅速达成目标的迫切。唯快不破的武林精髓，已经融于我们现代生活的日常之中，快餐、快递、闪送、快闪……快慢各有千秋，但对于生命的成长、情感体验更需要时间的积累。有时候人们会忽视时间的积累，选择快速式的成长。我们选择骑行就是用这种慢节奏去感悟快节奏生活中慢镜头、慢体验，将自己赶进度的心态进行调整，好好感悟成长的力量，体会发展的节奏。

完成并非完美的进度条

记得在2020年有一则新闻，有一位大哥就差100公里左右路程将到达自己的骑行目的地（好像3 000多公里的骑行路线）。恰巧目的地实行疫情管制，最终此人情绪异常激动，抱头大哭，不过还是配合防疫要求，放弃了就差一点点就完成的骑行。其实骑行总会碰到不可抗力，也总会略有遗憾的，不过最为美好的就是骑行者依然选择继续向前一直骑行下去。犹如前面那位大哥那样在一番内心斗争之后，选择了打道回府。近在咫尺的结果却不能如愿摘取，选择风轻云淡地接受唾手可及的不能，比欣然摘果更有内心成长、生命感悟的意义。进度条只完成了99%，而生命的体悟已到多一度的巅峰体验。

温斯顿·丘吉尔："成功并非终点，失败也非末日，最重要的是继续前进的勇气。"其实这更是一种完美，更是一种精神。我们不急于赶路，不求速度，貌似只求达成目标，其实更是一种自我实现的满足感。

2022年已启程，我们继续前行。

骑行——畅想的世界

2018年、2019年两年的暑期骑行，让我们渐渐明白了骑行的目的到底是什么。

特别是2020年因故暑期不能如期骑行，这一年心里有点空落落的，总觉得缺少了点什么，或许是内心向往着持续向前的动力，以及不确定的苦楚，却不乏温馨的平常故事。

进入2021年，我们父子俩更加向往那种没有工作烦恼，没有学业压力的自由自在的骑行，脚踏实地地一步一步朝着共同目标前行的景象。

于是乎，这段时间我们对骑行的讨论越来越多，越来越深入。恪恪对骑行不再是那种跟着你骑就行了的感觉，而是有了自己的期许和向往，并且这种期许变得具体化了，从总是听从大人们指引的去向，到如今逐渐明确了自己想要前往的目的地，以及对自己要做些什么样的事情，有了较为清晰的目标及细节的计划。

骑行——人生旅途

一路上既有康庄大道，也有泥泞小路。骑行之路，时而晴空万里，时而大雨滂沱，大风有时也会跟你作怪。即便一段路上平静无奇，但偶尔也会有车鸣的叫嚣，打乱内心的平静。

骑行——相互温暖

骑行是我跟恪恪最好的情感联结点。共同的目标，不同的想法，不同的感受，最终汇聚成共同的旅途。其实这种温暖的陪伴是相互的。不仅是父亲陪伴儿子的成长，也是儿子陪伴父亲的温馨。"等我大了，陪你骑行进藏！"恪恪轻描淡写地说，深刻感受到孩子内心的温度，也足以让老父亲感触颇多。

骑行——不负当下

对我而言，骑行既是体验的过程，也是经历的结果。眼前的苟且与未来的诗和远方构筑成当下的我们，当然还有过往的影响。骑行过程之中，如果只知眼前的痛与累，那么很难实现目标。2019年在骑行路上，恪恪跟同学"吹牛"说，"要骑行至北京！"或许这就是远方，这就是他的目标。在山东诸城，摔伤了的他依然选择继续前行。

骑行——丰富自我

骑行，永远是一场路上的旅程，它不仅局限于现实环境之中，更是人与人在现实互动的舞台。在这一路上，我们总会碰到形形色色的人，经历酸甜苦辣般的事。这些人、这些事组成我们的经历，形成了我们的记忆，逐渐内化成我们生命的一部分。

2021年3月7日

骑行——成长的契机

父子之间需要一个共同的话题

王阳明14岁就要做圣人而非登科及第，与其父亲王华科举夺魁步入官场经历大相径庭。每个青春期男孩心里总会想着打败眼前高大威猛的父亲，有着"我自己可以"的想法。男孩期望有朝一日能挺身而出，站在父亲前面，直面社会的风雨。所以，父子需要有一个共同的话题，这个话题不需要高深莫测，更不需要恢宏大气，只要有聊头，愿意持续聊下去就可以了。既不像妈妈那样无微不至的嘘寒问暖，也不像师者那般语重心长的传经送道，或许仅仅是三言两语的单刀直入，也有可能是无声胜有声的一个眼神一个手势，便足以传递彼此的心意。

在亲子关系之中，我们都需要有一个话题，有了话题就不至于尬聊，也不至于聊着聊着就无话可说了。

很多时候，成人和孩子聊天总喜欢讲大道理，其实这不是聊天只是说教，孩子不喜欢这种方式，成人也不喜欢这种方式，而这种方式在工作之中是常见的。工作的理性和家庭的感性如何恰当地切换，成为一个值得探讨的话题。孩子们回到家后，渴望的并非是高高在上的长篇阔论，而是充满温情的拥抱与微笑。在骑行途中，恪恪总是能在困难枯燥的骑行之中探寻自己的兴趣点，而不仅仅将自己局限于骑行路线本身。

一起骑行　一起成长

这一学期，你经历了很多事情，有痛苦的，也有开心的。姥姥的离世让我们感受到你的柔软与温情，学习的起伏让我们感受到你的焦虑与坚持，骑行让我们感受到你的力量与坚毅，妹妹的打扰让我们感受到你的可爱与恕悌。你的懵懂似乎不再那么自我了，或许这就是你的成长。其实我想和你分享我在骑行过程中的感受与收获。

我的收获不仅仅是你成长为一名铮铮铁骨小男子汉，而是我在你身上看到以前不曾注意到的优点、潜能，作为父亲的我低估了你的能耐。坦白地说，骑行让我收获了对你未来之路的信心。

骑行的第一天，在312国道嘉善段，你没有留意前路有个坑洼，摔了一跤。我有些愠怒，指责了你。你只是默默爬起来，扶起自行车，你似乎读懂了爸爸愠怒背后的嘱托与关爱。虽然摔得有些疼，但你选择了自己默默承受，二话没说便重新骑上车继续前行。入住宾馆之后，你才觉察到了摔跤的疼痛。即便如此，你还是选择和我一起步行至嘉善县城。其实这一天的骑行，我一直充满担忧与焦虑。担忧的是不知道前面会发生什么事情，你我都没有长途骑行的经历与经验。焦虑的是犹如你摔跤后我只能看着，疼与苦都需要你来承受。我心里虽然知道成长过程中的蜕变之痛苦我们无法代替你，但是我和妈妈心里总归放心不下。

摔跤之后，我也自责，没有让你毫发无损。温室之花、张雨生笔下的虎皮鹦鹉，主人总有一种想法：尽力照顾好它，可有时会事与愿违。犹如很多父母一样，总是想方设法给予孩子最好的，而忽视孩子内在需求与健康成长需要。

家庭教育，父母总喜欢死死地拽着孩子不放，总想将孩子视为你的汽车，自始至终地按照父母的意志来前行，需要全面监控，结果和过程都需要。我们的骑行，前两天完全按照我的意念来操作，做所谓有意义的事情，结果你觉得没兴趣。在我们几番"较量"之后，后面的日程都是按照你的意思来进行的，于是你依然选择了继续朝着有趣的远方前行。在寻觅王国维故居之时，遇到房屋拆迁、道路翻新，我依经验判断前方是断头路的可能性比较大，可你总想看看尽头的风景，我虽很不想让你去，但最终还是让你去看了。是的，父母经验的获得缺乏有趣性，不比让你去尝试、探索有乐趣。好奇是可贵的，也是我很少有的。谢谢你一路的好奇，让骑行有了更多的乐趣。

骑行到杭州，在西湖景区里，我不止一次地劝说你打道回府，可你说既然计划了要去绍兴，那我们还是继续前行吧！正因你的执着，我们500公里的骑行才得以圆满。坦白地讲，我想半途而废是因为体力跟不上，以及自己难以预料前方的未知。

我怀着矛盾的心理跟你一起，向着绍兴骑行，出了杭州城。你不知，郊外投宿的地方很有限，你也不知夜色渐起，台风欲来，你只知勇往直前，无问东西。可我左顾右盼，无比忐忑。我们有幸在杨汛桥找到一家小旅店投宿一晚。

骑行一路上，我们不断地突破日行里程。从绍兴回程，我们用三天骑行了220公里。从我想半途而废，到日行70公里，这是你的坚持带给我的收获。这也更加坚定了我们今年暑期计划骑行更远，收获更丰盈的体验。

此外，骑行路上我们遇到很多好心人相助与鼓励。这也是骑行中的意外收获。这也是你我骑行的赠品，这个赠品让我们感到骑行更加有意义。

我唠叨了这些，接下来也希望你跟我说一说你的感受！

2019年2月10日

母亲的感受

阳光少年，未来可期

说来惭愧，在哥哥成长的过程中，虽然一两岁的时候我在生活上照顾得多一些，但是一直以来，我都认为，爸爸对哥哥的付出，或者说爸爸对哥哥的爱比我多，比我深。印象最深的是哥哥出生的第一晚，爸爸在医院里陪护了整个晚上，就守在那里盯着孩子看，孩子打个寒战，或者手脚抽搐一下，他都要喊护士过来，询问是否是正常表现，一次，两次，三次……直至护士不耐烦。

因为遗传的原因，哥哥的呼吸道不好，两三岁的时候总是生病，发烧、咳嗽、哮喘……每次生病，爸爸都整夜地睡不好觉，听到孩子的咳嗽都揪心得不行。夜里量体温、喂水之类的事情都是爸爸负责。

为了做哥哥爱吃的菜，一点都不会做饭的爸爸，一点一点地去学，到现在只要是哥哥爱吃的，爸爸基本都可以做出来。我每每都嫉妒地说：爸爸都是专门做给哥哥吃的，我和妹妹都是捎带的。

在哥哥几个月大的时候，爸爸就抱在怀里给他读《三字经》《弟子规》，希望哥哥能明事理，知礼仪。可以说家里的什么事我都可以做主，但只要和哥哥有关的事情，最终决定权都在爸爸手里，因为在哥哥身上，爸爸寄予了厚望。

骑行的事情在我看来，也是父爱的一种表现。当孩子逐渐长大，不再完全按照父母的意愿行事的时候，亲子之间的矛盾就开始出现。当沟通也难以有效进行的时候，父母往往有无力感，挫败感。这时候一味地指责是没有用的，我们必须寻找其他的有效的途径去和孩子沟通，了解他们到底是怎么想的。骑行就是爸爸找到的新的亲子沟通途径。在父子骑行的过程中，不仅确保了亲子相处的时间，而且在骑行过程中经历的种种困难，种种磨炼，都是在温室里长大的孩子所不曾体会过的。路上遇到的人或事在孩子成长的过程中，都必将成为不可磨灭的人生体验。

应该说，这几次的骑行确实让哥哥成长了。我清楚地记得，第一次骑行前，哥哥的胆子很小，晚上还不敢一个人从离家不远的辅导班独自回家，而在骑行后，只要是在骑行一个小时以内的距离，哥哥都喜欢骑车去而不是坐车，可见独立性增强了；而且成为家里的第一男子汉，重活累活都主动干，妹妹撒娇耍赖的时候，都是骑在哥哥的肩上，而不是扑到爸爸妈妈的怀里；哥哥对爸爸的理解也愈发深刻了，即使爸爸偶尔情绪不佳，发点小脾气，哥哥都能低头忍让，悄悄地对我说："哎，我都习惯了！"而不是像以前那样故意顶撞，惹怒爸爸，因为他内心深处能真切感受到并确信，爸爸是爱他的，虽然有的时候方式不是很恰当。我深信，这其中骑行扮演了重要角色，毕竟不是每一个父亲都能做到，愿意在最热的季节，用最质朴的方式，主动承受艰辛，只为陪伴孩子，促进孩子的成长。

第一次骑行，应该是哥哥小学毕业的那个暑假，正值天气最热的时候。哥哥最怕热，夏天根本就离不开空调，这样怕热的孩子，我很难想象他能在高温天气一直在路上骑行，觉得他们也许出发一两天，在宾馆里住宿几晚就回来了。也许正是这种质疑的态度，才让他们两个有了一直要骑下去的信念，"不能让妈妈瞧不起，否则我们在家里会一直被嘲笑的"。没想到他们真的经历了9天，骑行至杭州又返回上海。虽然一直在通过电话联系，但等他们真正到了家，我才体会到他们骑行的艰辛。因为没有经验，车子的座椅不是很舒服，父子俩回到家皮肤都是红肿的，好几天都不能久坐。没有做防晒，回家之后，脸上、胳膊上、后背等裸露或暴晒的地方都火辣辣的疼，变红，变褐色后慢慢蜕皮。他们的衣服因为在骑行的路上一遍一遍地被汗水浸湿，被汗水浸泡，每一件衣服都已经褪色得几乎认不出原来的模样。这些都说明他们在路上确实吃了苦，受了累。看着儿子憨憨地笑，我既心疼又欣慰。

　　第二次骑行出发的情景我印象最深。那天，忙活了一早晨，父子俩准备出发了。妹妹已经两岁多，最喜欢和哥哥玩了，看到哥哥和爸爸下楼，以为是带她玩，开心地转圈。当看到哥哥和爸爸骑车远去而没有带她时，她终于意识到了，哭着挣扎向前："哥哥，不要走，我要哥哥……"追了一阵，终于在看不到哥哥和爸爸的背影后，才抽泣着说："哥哥好远好远，妈妈要好快好快。"等我们终于放弃追赶，慢慢走回家时，妹妹一边哭一边唠叨："找不到恪凡，恪凡走了，我要哥哥，我要爸爸……。"第二次骑行的距离远了，但准备得要相对充分一些，也有了一些经验，骑行过程可以说是有惊无险，经历了五六次的爆胎和无数次的扎胎。换胎补胎的事情不仅爸爸熟练了，连哥哥也开始上手了。哥哥比以前更懂事了，经历暴晒和雷雨，擦伤和摔伤都不会要求中途休息，不仅开始照顾自己，甚至在爸爸疲惫的时候，即便在陌生的地方，他也能出去为爸爸买水果和饭菜了。

第三次的骑行本以为是最顺利的，因为孩子也大了，又有了前两次的经验，出发前也准备得相当充分。没想到只有走在路上，才能看到真正的风景，书里和电视上的都只能是别人眼中的风景。回江西老家的路线，与前两次最大的不同就是山路比较多，给骑行带来了很大的困难。一是路上有上坡和下坡，体力消耗非常大，海拔高的地方根本无法骑行，只能推行。二是路途上会有好长的时间没有村庄和人，中间的饮食和水都无法及时补给，甚至连晚上住宿都成了问题。这些难忘的经历都成了哥哥笔下的作文，成了他真实的人生体验。我相信这些经历随着岁月的洗礼和沉淀，只会越来越清晰，越来越深刻，在哥哥长大成人后，更能感受到父亲沉甸甸的爱，相信等他以后成为父亲，也会将这种爱传递下去。

骑行，作为妈妈，我始终是一个旁观者。但是在爱的教育上，我们都是参与者。最早对孩子的期望，就是希望他能长成一个有责任感、有担当、心里阳光有爱的男子汉。目前虽然不能说已经成功，但至少哥哥正按照我们希望的样子，成为有自信、幽默而阳光的少年。他的未来，无疑充满了无限的可能与希望！

孩子的成长

李恪凡的成长，主要通过他的四篇文章来展现，每篇文章都从不同的角度描述了骑行过程中的经历和感悟，以及这些经历如何促进了他的成长和自我发现。

第一篇作文《这样的你，真让我感动》，描述了李恪凡和父亲在骑行途中的一次温暖邂逅，他们在一个葡萄园得到了女主人的热情款待。这次经历让李恪凡感受到了陌生人之间的纯粹感动，并铭记了这次经历。

第二篇作文《这次，请让我来》，讲述了李恪凡和父亲在骑行中面对极端高温的挑战。他们相互鼓励，共同克服困难。这次经历教会了他坚持和勇敢，也让他明白了在逆境中寻找希望的重要性。

第三篇作文《比看上去更有意思》，通过描述李恪凡在骑行途中的不同体验，如夜间的山路骑行和连续上坡，展现了他如何在大自然的壮丽景色中徜徉，体验真实的生活。这些经历让他学会了坚持，并且意识到人生就像骑行一样，最重要的是持续前进的勇气。

第四篇作文《质疑与成长：骑行中的自我发现之旅》，探讨了成长和质疑的关系。李恪凡在骑行中不断质疑自己以往的认识和习惯，通过深入思考和自我反思，实现了自我突破和成长。他意识到质疑是创新思维的起点，也是成长的催化剂。

总体而言，这些文章展示了李恪凡在骑行过程中的成长和自我发现，以及他如何通过这些经历学会了坚持、勇敢、自我反思和质疑，从而变得更加成熟和睿智。

这样的你，真让我感动

一次偶然的邂逅，遇见了素未谋面的你，成为我心中永久的温暖记忆。

这件事发生在我和父亲去年暑假骑行的旅途中。我们计划从上海骑行至北京，每日行程约100公里。

那是骑行的第五天，早晨尚觉凉爽，但不久之后，太阳便毫不留情地展示了它的炙热。汗水沿着脸颊不断流淌，双腿已感麻木，我只是机械地踩动着自行车踏板。

正值中午时分，我已筋疲力尽，饥肠辘辘，渴望休息并享用午餐。然而，四周既无村落亦无商店，四处搜寻，却未见一家餐馆或超市。我的心情顿时变得沮丧，全身也失去了力气。

在父亲不断的鼓励下，我勉强支撑着继续前行。终于，远处出现了一片葡萄园，虽然并非餐馆，但我们也只能抱着一线希望，忐忑地步入园中。一位大约四十岁的阿姨，穿着极为朴素，迎面而来。我小心翼翼地询问："请问，我们能否在这里用午餐？"女主人带着疑惑的目光打量着我们，我急忙解释了我们的困境。"天哪！你们竟然从上海骑行至此？在这样的酷暑中，你们真是了不起！来吧来吧，家里虽无佳肴，但请尝尝我们的农家菜！"听到阿姨的回答，我仿佛溺水之人抓住了一块浮木，连连表示感谢。

在等待午餐的间隙，我与女主人闲聊："阿姨，我们愿意为午餐付费。"然而，她似乎并不在意，只是随意地点了点

266

头。正当我和父亲感到困惑时，午餐已经准备就绪。米饭是五谷杂粮饭，色彩斑斓。翠绿的青椒和深紫的茄子是她自家菜园的产物，金黄的炒鸡蛋来自那群悠闲漫步的母鸡，还有一锅浓郁的土鸡汤……面对这桌香气四溢的饭菜，我饥不择食，仿佛连锅都能吞下！出乎意料的是，我平日偏爱肉食，却没想到蔬菜和米饭也能如此美味，我吃得心满意足。看着我们狼吞虎咽的样子，女主人似乎感到特别的满足，她一边麻利地收拾着厨房，一边与我们交谈。当她得知当天是我的生日，且我们同姓李时，她变得更加热情，面带笑容地说："真是缘分啊，同姓本家，多吃点，午餐的钱就不用付了，你们远道而来不容易。饭后，你们可以到前面休息一会儿。"她的话语虽朴实无华，却在我心中激起了别样的情感。

随后，又有顾客进入，高声呼唤："老板娘，称点葡萄！"女主人急忙前去招呼。我和父亲环顾四周，葡萄园内葡萄架整齐排列，一串串果实饱满地挂在藤蔓上，散养的母鸡和小鸡在地里悠闲地觅食，猪圈里不时传来欢快的"吭哧"声。女主人在前院和后院间忙碌着，脸上始终挂着笑容……我的心中不由自主地涌起了一股难以言表的感动。

长期居住在城市的我，几乎未曾与陌生人有过深入的交流，也未曾意识到，原来陌生人之间可以有如此纯粹的感动。在继续骑行的旅途上，以及在之后的生活中，我始终铭记着在我13岁生日那天，异乡的小葡萄园里那位淳朴善良、总是忙碌着微笑的女主人……

上海市文来中学七（13）班李恪凡写于2021年9月17日

这次，请让我来

骑行这项运动，我与父亲已坚持三年之久，它早已超越了简单的户外活动范畴。它成为我们共同面对的挑战，也是我们父子间默契的见证。在这三年的时光里，我们共同经历了无数艰难险阻，每一次都坚持到底，不曾轻言放弃。

烈日下的考验

回想起一次骑行，我们遭遇了极端的高温天气。沿途风景稀疏，行人与车辆寥寥无几。唯有那炎炎烈日，无情地炙烤着大地。骑行不久，我和父亲便感到疲惫，不得不频繁停下来休息，补充水分。然而，随着水壶的渐渐见底，我们的体力也达到了极限。

在那一刻，我感受到了前所未有的挫败和无助。炎热、口渴、疲惫、愤怒，各种情绪交织在一起。我心想，在这样的天气下骑行，简直是自讨苦吃。就在我几近绝望之际，父亲递给了我他的水壶。我愣了一下，然后一饮而尽，那清凉的水流瞬间浇灭了我的焦躁。

父亲鼓励我说："加油，地图上显示，再骑行10公里就有一个小镇，到那里我们就可以好好休息了。"他的话语如同一股清泉，滋润了我干涸的心田，让我重新燃起了希望。我拍了拍屁股，振作精神，跟随父亲继续踏上了旅程。

再次迎战酷暑

今年，我们又一次在骑行中遇到了高温的挑战。那天上午，烈日当空，我们开始了长达125公里的骑行任务。从清晨六点半开始，我们马不停蹄地骑行，但3个多小时过去，我们只前进了25公里，远远低于预期的速度。高温消耗了我们大量的体力，让我们的骑行变得异常艰难。

上午10点多，我们终于到达了一座高架桥下面，那里的阴凉成为我们唯一的慰藉。我们坐在那里，大口喘着气，享受着片刻的凉爽。然而，半个小时过去了，我们依旧感到疲惫不堪。父亲说："我快不行了，这大热天真是要命。"我附和道："是啊，我们不如现在就回上海吧。"父亲苦笑着回答："我也想，但我老了，骑不动了。"

那一刻，我突然意识到，我不能就这样放弃。我是来骑行的，不是来享受的。我要坚持下去，不能轻言放弃。我坚定地对父亲说："不行，我们不能就这样放弃。我们得继续骑行。"父亲笑了，眼中闪过一丝赞许："好啊，那就继续前进！"

这一次，我战胜了自己的软弱。这一次，我决定领航，带领我们俩继续前行。

这些经历，虽然艰难，却无比珍贵。它们教会了我坚持，教会了我勇敢，更教会了我如何在逆境中寻找希望。骑行不仅是一场身体上的挑战，更是一次心灵上的洗礼。我相信，这些经历将成为我人生中宝贵的财富，引领我不断前行。

在未来的日子里，无论遇到什么困难，我都会想起这次骑行的经历。我会对自己说："这次，请让我来。"因为我知道，只要我有足够的勇气和决心，任何困难都将不再是不可逾越的障碍。

上海市文来中学八（13）班李恪凡写于2022年1月17日

比看上去更有意思

骑行是一项极具趣味性的活动。自幼我便对自行车情有独钟，如今我开始与父亲一同进行长途骑行。

去年暑假，我们花费一周时间从家中骑行至祖籍之地，全程超过770公里。我每日从清晨6时至傍晚6时均在骑途中，尽管过程艰辛，却也倍感趣味盎然，意义非凡。

记得那是在黄昏时分，盛夏的炎热已逐渐消散，微风拂面，我开始了一段愉悦而舒适的骑行体验。美好的时光总是短暂的，恰如"夕阳无限好，只是近黄昏"所言。

夜幕低垂，天色渐暗。此地，四周既无村落亦无店铺，寂静无声，没有街灯，没有村庄，唯有满天乌云和偶尔的虫鸣声。距离最近的居所亦有十余公里之遥。仰望无边的夜空，我们仅凭自行车上微弱的灯光，摸索着前行。

山路在夜色中泛着淡淡的白色，宛如路边的溪流。尽管山路是水泥铺就，但因年久失修而坎坷不平，时有大小石块阻路，因此我们骑行时格外小心，仿佛"战战兢兢，如履薄冰"，生怕一不留神便摔倒，或坠入路边的小溪。然而，偶尔经过的汽车既让我们感到兴奋，也让我们感到恐惧，兴奋的是有灯光照亮前行的道路，恐惧的是山路狭窄，总有一种与汽车擦肩而过的惊险。

在无尽的黑暗中，我体验到了前所未有的恐惧，感受到了个体在大自然面前的渺小。尽管天气凉爽，我却汗流浃背。内心的不满与抱怨都被眼前的夜色所吞没，我只能紧紧跟随在父亲身后，双脚用力蹬踏着自行车，心中渴望尽快结束这段艰难的旅程。

今年暑假的骑行，既有夜间的山路骑行，也有酷热的考验，还有连续的上坡……面对如此多的挑战与困难，我都一一克服。尽管困难重重，但在大自然的壮丽景色中徜徉是何等的愉悦。我放下书本，跨上自行车，深入山野乡村，体验真实的生活，这是一段特别而有趣的回忆。在这段骑行的旅程中，我体验到了体力的极限，心中也曾闪过放弃的念头，但只要想着坚持骑行至终点，便一步步地坚持了下来。

骑行如此，我们当前的学习亦复如是，正如温斯顿·丘吉尔所言：没有最终的成功，也没有致命的失败，最重要的是持续前进的勇气。实际上，人生亦是如此！

上海市文来中学九（13）班李恪凡写于2022年10月8日

质疑与成长：骑行中的自我发现之旅

成长是一个复杂而深刻的旅程，它不仅意味着年龄的增长，更代表着心智的成熟和视野的拓展。在成长的道路上，质疑是一股不可抗拒的力量，它推动我们不断前行，探索未知，实现自我超越。我们在人生旅途中学会质疑，发现自我，实现成长。

质疑是创新思维的起点，也是成长的催化剂。 在成长过程中，人们往往习惯于接受既定的观念、已知的知识、标准的答案，很少去思考它们的合理性和局限性。然而，正是这种惯性，限制了我们的思维，阻碍了我们的成长。

在长途骑行中，我有机会与自己进行深入的对话。例如，在一次从嘉兴市平湖市到上海市闵行区的80公里骑行中，我不断质疑自己以往的认识和习惯。随着车轮的转动，我开始重新审视沿途的风景、文化和生活。这种质疑促使我深入思考，去发现更深层次的真理。

质疑是自我突破的起点，也是成长的助燃剂。 在途中，我们参观了李叔同纪念馆，这不仅是对历史的一次回顾，更是对生活的深刻反思。我开始质疑自己对于艺术和生活的理解，思考如何将这些启示融入自己的生活中。此外，逆风骑行的经历让我学会了在逆境中坚持，这种坚持不仅磨炼了我的意志，也让我更加坚信自己的能力。

骑途中的人际交往让我们开始质疑自己的社交能力，思

273

考如何更好地与他人沟通和理解。这些交流不仅拓宽了我的视野，也让我学会了从不同的角度看待问题，增强了对社会的洞察力。

骑行不仅是一次身体上的旅行，更是一次心灵上的探索。在骑行中，我们不断质疑自己深信不疑的东西，这种质疑促使我们成长，让我们变得更加成熟和睿智。通过骑行，我们学会了在怀疑中发现自我，实现自我更新。

让我们在骑行的道路上，勇敢地质疑，不断地探索，因为每一次的质疑，都是我们成长的契机，每一次的自我更新，都是我们向着更广阔的天地迈进。在这条充满挑战和机遇的道路上，让我们以开放的心态迎接每一次的怀疑和挑战，因为它们是我们通往新世界的桥梁，是我们成长的催化剂。通过质疑与成长，我们能够在骑行的自我发现之旅中，找到更新的自己。

上海市第二中学梅陇校区高二（9）班

李恪凡写于 2023 年 10 月 5 日

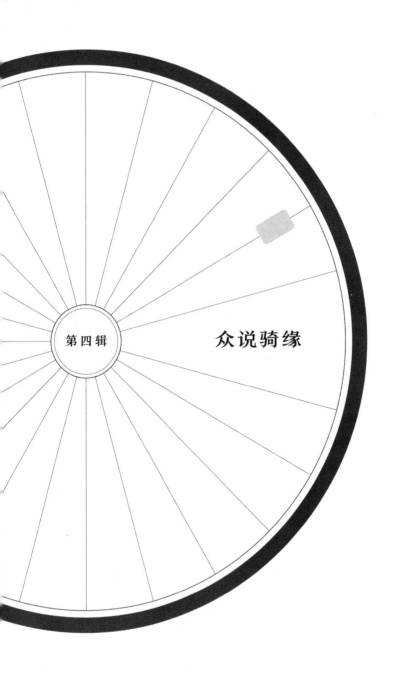

第四辑　　众说骑缘

骑 行 感 想

关红扬

我花了大半天的时间坐在电脑前，一口气读完《骑迹》……感动于书中父亲深沉的爱，思考着陪伴的价值和意义。

曾有专家认为：父亲在教育孩子的时候更有目的性，想要培养孩子什么才能、什么品质，父亲都是有计划的。在生活习惯的培养上，父亲更能教育孩子独立、果断，具有勇敢精神和冒险精神。本书的作者李老师无疑就是这样一位在教育孩子这件事上很有目的、有计划的父亲。从"天性使然"中发现恪恪的兴趣，从"阅读与行程两不误"认识到"行万里路"的价值，到出发前计划设计的周到细致，无不印证着父亲在教育孩子过程中"更"有目的性；同时，这种目的性以及计划性也是骑行成功的保障。

书中记录了2018年至2021年四年间三次有计划的暑期骑行经历（2020年因疫情未能成行）。

父子二人在途中共同经历风雨，共同感受苦乐，在感受中收获颇丰。在丰子恺纪念馆中，恪恪体会到漫画的魅力；在疲累困乏中，恪恪冲在父亲的前面，独当一面；在伏天暴雨中，恪恪克服身体不适，更深刻地理解坚持的真正内涵……同时，在恪恪吃饭的神情中，父亲记起曾经的自己，那一刻父子成为一体；在恪恪因忙于赶路而起的抱怨声中，父亲在反思行程计划的合理性；在游戏与骑行的矛盾冲突中，父亲思考的是如何化解矛盾，成就和谐父子关系……有人说：陪伴是最好的教育方法。在《骑迹》中，陪伴不只是方法，更是父子共同成长的催化剂，我相信这样的陪伴一定会在未来发挥更好的作用，成就一家人的美好幸福。

忽然想起这样一句话"成长一个孩子，幸福一个家庭，影响一个社会"。《奇葩说》中曾经有这样一个议题："如果一周陪孩子的时间不足12个小时，就取消当爸爸的资格，你赞同吗？"这种说法受到很多爸爸的反对，尤其是那些本身陪孩子特别少的爸爸。很多爸爸总认为陪伴孩子是妈妈的事，自己只需要给孩子好的物质条件即可；自己工作忙，没时间陪孩子；或是觉得亲子活动太单调，没什么意思，于是，越来越多的孩子童年缺少了重要的一部分：和爸爸的相处互动。李老师可以成为很多这样爸爸的榜样，他不仅是为自己儿子的成长记录，更是在为我们整个社会的家庭教育记录，希望用他一个人的力量，影响更多的家庭，成就更加和谐的社会氛围。

在世俗的观念看来，不管是夫妻的缘分、父子的缘分，还是朋友的缘分，有长有短，有深有浅，缘分尽了，就不要再强求了。但是我认为他想借此书表达的是，既然缘分有时尽，就更应该珍惜。在我的教学中，叛逆的孩子越来越多，有的甚至无法继续学业。究其原因，也许与父母亲的陪伴、教育以及言传身教有很大的关系。父母对孩子的付出，决定了父子之间缘分的长短与深浅。付出得多、陪伴得多、教育得多，彼此间的缘分便愈发绵长且深厚。

多年以后，恪恪再次回忆"骑行"时，他一定会露出幸福的笑容，因为那山、那水，那些陌生人的赞赏，更因为那个陪伴在身旁的父亲……

再过许多年，在去往西藏的路途中，一定还会有这对父子，愿他们依旧保持着那份对骑行的热爱，继续在路上……

父子骑行有感

李 伟

应李老师之约已月余，迟迟未动笔，父子俩骑行的音容与背影便有了更多的时间在心中回旋。三段出行，30天旅程，在漫长的人生中似乎微不足道，却又似乎有着穿透人生的力量。这力量从哪里来？我不断问自己。未曾有过长途骑行的经历，不知能否准确感同身受那对父子骑行时的微妙情感，但我确实被书中一段段骑行"在路上"的经历深深打动。

身在异乡，很长一段时间，每年都会驱车返乡。七八个小时的车程，曾经历雷暴，路旁的大树突然在车前倒下；曾遭遇大雾，在能见度不足50米的道路上迷茫前行；也曾遇到雨雪，堵车堵到崩溃……似乎所有的困难都难以阻挡那"一路前行"的渴望。在路上，总是彼此最亲近的时刻，一致的目标与行动，同样的情愫与话题；在路上，始终浓缩着"希望"，似乎前方的每一寸土地都是"希望"必经之地；而对于茫茫千里之途来说，"在路上"又总能清晰地感受到自己是那样的渺小，却又实实在在地掌控着自己脚下的每一段路。若说"车行"之途，恐不如"骑行"来得更加显豁、过瘾。而就是这样的经历，已成为我们一家人年年不变的念想与行动自觉。"永怀希望""不断努力""独立自主"的家庭文化也在这过程中渐渐形成。记得康丽颖老师曾经说过，优秀家风是缄默的语言，是实践的智慧：从第一次骑行老父亲的"蛊惑"，到第三次骑行亲子一拍即合的"自觉"中不难看出；从开始的老父亲带路，到后来的儿子开路中不难看出；从父亲操刀修车，到儿子尝试动手中不难看出……

中国文化向来主张亲近"自然"，在自然生活中体悟人生智慧。正如李老师在"骑缘"中的观点，"学骑自行车既是天性使然，更有自主乐趣"，顺应成长天性，满足发展需求。"初行江南里""力行北上路""探行丘陵道"，在琐碎的骑行日常中我们依稀看到了父子俩在不经意间走过了人类行走人生的三段旅程：文化之路、追寻目标之路、融入自然之路。用李老师的话说，"骑行江湖之中，走万里路，阅人无数……终究只是想成为一个社会人"。我们一直说对孩子的陪伴一定要是身心共同在场的高质量陪伴，在这对父子骑行的故事中我们看到了理性的智慧，文化的自觉，更看到了父子共同在场的同伴同行。

了不起的骑行老爸

黄莉莉

在这个内卷的时代，我很是羡慕恪恪同学，因为他的老爸舍得花时间，在用实际行动践行素质教育。

在这个老爸缺位蛮严重的时代，我很是羡慕恪恪同学的妈妈，因为她的老公不仅在线，而且还在发挥着重要的、爱的教育，帮妈妈分忧，还和妈妈"读万卷书"的教育理念呼应，带孩子"行万里路"，多有爱的一家人！爸爸这样的投入，即便不是骑行活动，对孩子来说也是重要的财富，是成长的精神养料。

那么，骑行活动究竟有着哪些令人欣喜的魅力呢？

一是增加了彼此的沟通与了解。还记得疫情期间，孩子们因无法返校上课，与家长共处的时间增多，然而，这却导致部分孩子的问题变得更加突出。为什么？因为有效的共处时间反而下降。没有活动载体的沟通，可能对青少年来说只是一些约束或要求的传达，对这个年龄段最无效，而在骑行过程中的路线设计、景点感受、骑行趣事等都是鲜活的沟通内容。相互交流能够更好地了解彼此的喜好、思想、关注点等等。

二是增加了互相应对冲突的解决办法。在骑行故事中看到了几次爸爸的"忍不住"，很真实，哪有不发脾气的父母呢？关键在于发脾气本身也是一种策略，其目的在于解决实际的问题。例如骑行中路线的调整、天气恶劣的糟糕情绪冲撞、需要得到关心的诉求满足、爱好与时间管理的优化妥协等。这些情节不仅展示了父母作为榜样的处理方式，也体现了在交锋中孩子的成长。这都围绕着共同的目标：更顺利地骑行，于是，大家也就学会了遇到问题能够迎刃而解了。

三是开阔眼界，锻炼体魄。选择骑行也是基于爸爸妈妈对恪恪喜好的了解，而不是单纯的强加。虽然一定是有意图，但毕竟也适合这个年龄段的男孩子。既能优化平衡力，也能强化体能，更能让孩子沿着一条富有内涵的路线走走停停看看想想。所以，吃苦的本领、坚持的毅力、当地的风土人情、那些人文故事等都成了成长的养料。

无　　题

马　琴

提供亲子深入沟通的契机。家庭成员的互动模式影响着个体的成长，在家庭系统中，任何一个环节或方式有所改变，都可以引发整个系统的显著变化。在以往家庭中，亲子沟通主要集中在学习上，因为学习而"鸡飞狗跳"。在亲子骑行中，改变了沟通环境和沟通主题，我们有足够的时间，相对变化的场所，对所见所闻交换意见，发表自己的感想体会。之前可能没有机会说出来的话，或之前不愿意说出来的话，都有了足够多的契机和时间。

提供双方生命巅峰的体验。在亲子骑行过程中，每一个里程碑的跨越，每一个100公里距离的征服，以及每一个未知挑战的克服，都是对参与双方的一次次正向激励。在这个过程中，双方都可能看到积极正向，得到正向结果，证明自己是对的，更加积极正向。就如教育家王金战老师分享，一个差生变成好学生的最佳途径就是不断地体验成功的感受，骑行路上的巅峰体验，可以让一个在学习、生活中经常挫败的孩子，通过骑行，感受成功，看到积极正向，变得积极正向。

每个人心中都有一个梦

郁丹蓉

每个人心目中都有一个梦想，也许是像摩西奶奶一样画出美丽的图画，也许是像姚明一样可以叱咤运动场，也许是当个旅游博主到处旅行……我也有一个梦想，就是能像李老师一样带着孩子们去骑行。

可是这个梦一直在梦境中并没真正实施，所以看到李老师的骑行记，我真的是既钦佩又好奇，到底是什么驱使他能迈出第一步，并坚持这一行为，并坚持了三年之久？

一边阅读着他和儿子骑行的点滴，一边想象着如果是我，又会如何操作？结果发现：路径可以被模仿，骑行从未被超越。我也曾游览过其中的某些景点，也曾看过这些斑驳的历史，但我和李老师的方式有着天壤之别，我选择的都是自驾游，所以我的脑海中只有景点的照片，而没有景点途中的美景和艰辛，读完才发现，原来骑车与自驾所收获的美是不一样的，付出汗水之后的欣赏更有一份敬畏之情。

人们常说，做一件事不稀奇，但坚持做一件事才是值得称赞的。在同一个季节，不同的年龄尝试同一件事——骑行，这本身就是与众不同。"骑行"这短短的两个字，其中包含着很多：有背后的支持，对当初的梦想的坚持，走出舒适圈的勇气，做好规划的能力，勇于尝试的好奇心，能应对各种挫折的本领，解决亲子问题的理想，最关键的还是可以迈出的第一步，那第一步对于孩子来说是至关重要的一步，是迈向成长，走向成熟的第一步，不管怎么说李老师做到了，做了便是成功，不管其中遇到什么问题，经历过就无怨无悔，"不经历风雨，怎能见彩虹"，我想"彩虹"就是李老师带着孩子到达目的地的喜悦，就是我们对于美好生活的向往，就是坚持做一件事的意义。

很高兴能看到李老师成为孩子的陪伴者，在"丧偶式家庭"这个词语频繁出现的当下，能有父亲的陪伴对孩子来说是个值得回忆的奇妙的事，我相信这也将成为孩子的榜样，在当下，不畏困难、勇于前进；在未来，乘风破浪、逆风而行。

看　见

白　茹

从听闻，到先睹为快。一对父子，一段段骑行文字，让人感动，让人深省。

我们看见，一段段旅程，并不是有着完备的计划，也并非有着完美的过程，甚至让当事人感觉到后怕的简单起步，更不必说路上的各种不可预知。这与我原本的设想不一样，与有些朋友为一段旅程提前很久做很多准备也不一样，骑行之旅有着不同的样貌。准备并非刚需！完成比完美更重要！学习了！

我们看见，一对父子，并非近在眼前却难以靠近，也非剑拔弩张。一段段骑行中，他们演绎着共同的故事，有彼此间的不解、矛盾冲突，更有相互鼓励、同舟共济。曾经有网上热议"你和父母有相同的爱好"。这对父子的相同的"骑行"爱好，就是这样慢慢形成的，从最开始以为只是说说，到慢慢有了深刻的理解、共同的策划。共同的兴趣，这些都是要培养的；温暖的亲子关系，更是需要养成的。学习了！

我们看见，一位父亲，并非父爱缺失，也非"有一种不行，叫爸爸觉得不行"，而是"行不行，等着瞧""行不行，我们试试看咯""你试试看""你可以的"。这与现实生活中的一部分现象不一样，有不少父亲被"老母亲"称呼为"大儿子""猪队友"，还有不少父亲被孩子万般吐槽。身为父亲，关心孩子成长，保持开放，一起探索，一起面对，慢慢放手。学习了！

我们看见，一位都市少年，在骑行路上的一段段遇见与心路历程，到见诸笔端的一篇篇记录与领悟。如果不是看见这些，似乎都想不到如今在大城市里生活的孩子的"缺失"，在大城市里培养孩子的父母的"盲区"。看着恰恰以骑行主题完成一篇篇命题作文，不禁想：没有这些或不同或丰富经历的孩子，会写出怎样的文字呢？骑行，让少年着上了不一样的生命底色！学习了！

我们看见，一位母亲，虽未亲力亲为，却是父亲要有所为的缘起，或看见父亲的付出，或目送，或远程调解父子冲突。身为母亲，不焦虑，不泼冷水，充分信任，提供他们需要的帮助。学习了！

我们看见，一位教育工作者，尝试在自己的生活中做好父亲的努力，尝试在自己的家庭生活中践行教育理念、感悟教育真谛的努力。学习了！

更有幸，见证了这本书从一个想法，到成书的全过程。这又是一段不一样的旅程！学习了！

杜威说：教育即生活。我想说：这，就是智慧生活的模样；这，就是最好的亲子教育的模样！

后　　记

　　骑行最初仅是构建父子情感纽带的一种实践形式，后逐步演变为地理探索的具象化载体，最终沉淀为常态化休闲模式。从短途休闲代步到跨省际长途跋涉，从体能训练的基础功能到人文地理的深度认知，两行车辙印记完整见证了父子关系的三重演变。本书最初以零散日记形式呈现，在历时七载的骑行历程中持续记录沿途见闻与体悟。随着地理轨迹在经纬坐标系中持续延伸，文字素材已累积逾二十万字。2023年隆冬整理电子文档时，系统编撰的构想首次具象化。拜读杨萌老师《拥抱生命的不完美》后，书稿付梓的信念愈发坚定。

　　在多次的长途骑行和本书的创作过程中，恪恪的妈妈和妹妹始终是我们坚强的后盾：调解我们之间的纷争、给予我们鼓励，帮助我们克服重重困难；妹妹的纯真笑容更是为长途骑行之旅增添了无限温暖。她们无声的陪伴与支持，构筑了我们父子骑行旅程中最坚实的依靠，使得每一次出发和归来都洋溢着温馨与暖意。

　　本书编纂过程中承蒙诸多师友襄助：杨萌老师给予专业校勘、修改支持；编辑叶子、李玥萱全程参与架构规划，在多轮修订过程中完成近千项专业校订。另有众多同仁惠赐专业指导并留墨存证，谨此向所有关心、支持本项目的同仁致以崇高谢忱。

图书在版编目（CIP）数据

　　骑·迹：父子骑行日记 / 李攀, 李恪凡著.

上海：上海社会科学院出版社，2025. -- ISBN 978-7

-5520-4703-5

　　Ⅰ.Ⅰ25

　　中国国家版本馆CIP数据核字第20254FS253号

骑·迹——父子骑行日记

著　　者：李　攀　李恪凡
责任编辑：李玥萱
封面设计：杨晨安
出版发行：上海社会科学院出版社
　　　　　上海顺昌路622号　邮编200025
　　　　　电话总机021-63315947　销售热线021-53063735
　　　　　https://cbs.sass.org.cn　E-mail: sassp@sassp.cn
排　　版：南京展望文化发展有限公司
印　　刷：上海盛通时代印刷有限公司
开　　本：787毫米×1092毫米　1/32
印　　张：9.5
插　　页：1
字　　数：210千
版　　次：2025年7月第1版　　2025年7月第1次印刷

ISBN 978-7-5520-4703-5 / Ⅰ·567　　　　　定价：65.00元